LA SYLVIE

DV SIEVR MAIRET.

Tragi-Comedie-Pastorale.

DEDIEE A MONSEIGNEVR DE MONTMORENCY.

A PARIS,

Chez FRANÇOIS TARGA, au premier pilier de la grand' Salle du Palais, deuant les Consultations.

M. DC. XXVIII.

Auec Priuilege du Roy.

A MONSEIGNEVR DE MONTMORENCY, Duc, Pair, & grand Admiral de France, &c.

MONSEIGNEVR,

Quand ie n'aurois pas l'honneur d'estre à vous, comme ie l'ay, & que le don que ie vous ay fait de moy du iour que mon affection & mon bonheur m'attacherent à vostre seruice, ne m'eust pas osté la liberté de disposer de mes actions; ie ne sçais point de Sei-

gneur en France à qui plus iustement qu'à vous ie puisse presenter comme ie fais les premiers fruicts de mon Estude. Si i'estois asseuré de leur bonté, ie ne douterois point qu'ils vous fussent agreables, & n'importunerois pas vostre Grandeur en la priant de les receuoir: la facilité qu'elle a tousiours euë à pratiquer les bonnes choses est vne marque infaillible de son inclination à les aimer. I'oseray dire, MONSEIGNEVR, *sans vous flatter, que vous estes peut estre le seul de vostre condition en qui l'on remarque aujourd'huy plus de perfections & moins de defauts, & de qui les honnestes gens ont tousiours eu plus de sujet de se loüer. Ie laisse à part les actions de courage, qu'on ne sçauroit mieux releuer que par la comparaison de cel-*

les de vos Ancestres. Où treuuera-t'on vn Seigneur apres vous qui dans la corruption du siecle ait conserué de l'amour pour les bonnes lettres, iusqu'au point de leur establir des pensions sur le plus clair de son reuenu? Toute la France est tesmoin de ce que vous auez faict pour vn de ses plus beaux Esprits, à qui vostre seule protection a donné lieu de tesmoigner son innocence. Il a plustost manqué de vie que de recognoissance: & ie m'asseure que le plus grand regret qu'il ait encor dans le tombeau, c'est de n'auoir pas laissé dans ses Escrits de quoy repousser la calomnie de ceux qui voudroient l'accuser d'ingratitude en vostre endroit. De moy qui cheris sa memoire parfaitement, plustost que de souffrir qu'on l'obscurcisse d'vne si noire tache, ie mesleray son interest auec le mien, & m'efforceray de tout mon pouuoir de m'acquitter d'vne debte commune, que la mort ne luy permit pas de vous payer. Cependant receuez s'il vous plaist ces premices de ma ieunesse : c'est tout ce que ie puis rendre aujourd'huy à vostre Grandeur, en recognoissance de tant de bien-faits que i'ay receu d'elle depuis deux ans que i'ay la gloire d'estre,

MONSEIGNEVR,

Vostre tres-humble, tres-obeissant & tres-obligé seruiteur, MAIRET.

ARGVMENT
DE LA SYLVIE.

FLORESTAN Prince de Candie deuient amoureux de la Princeſſe Meliphile apres en auoir veu le portrait dans vn Eſcu que Thyrſis Cheualier errãt auoit rapporté: Il s'embarque ſecrettement à deſſein de l'aller treuuer en Sicile, où Thelame frere de la Princeſſe Meliphile prend tous les iours l'habit de Berger pour viure plus librement auec la Bergere Syluie, dont l'eſprit ne le rauit pas moins que la beauté. Elle eſt importunee des pourſuittes de Philene, qui voyant que ſes longs ſeruices ne pourroient iamais l'obliger tant qu'elle auroit de l'amour pour ce Prince, apres en auoir ad-

uerty son pere le vieil Damon, qui luy
fait vne reprimende, se sert de l'inu
tion d'vn mouscheron pour faire cro
à Syluie que Thelame la trahit; pour v
nir à bout de sa ruse il se sert de la simp
cité de Dorise, Bergere qui l'aimoit a
tant comme luy la mesprisoit. Cepe
dant le Roy de Sicile aduerti des Amou
de son fils, delibere de le marier auec l'I
fante de Chypre: il propose ce maria
au ieune Prince, & luy en fait encore pa
ler par Timaphere homme persuasif
Capitaine de ses Gardes, qui toutesfo
ne gaigne rien sur son esprit. Le Roy co
gnoissant bien que l'auersion qu'il auo
du mariage estoit vn effect de la passio
qu'il auoit pour Syluie, se resout de la fa
re mourir: son Chancelier luy remonst
les malheurs qui en pourroient arriuer:
chãge en fin de dessein, & punit ces deu
Amans par vn enchantement meruei
leux. Florestan quelque temps apres arr

ue en Sicile par vn naufrage, il apprend de Philene & de Dorise les circonstances de cette auanture; & comme le Roy se repentant de sa cruauté auoit promis solennellement sa fille en mariage à quiconque viendroit à bout de cet Enchantement, qui ne pouuoit estre rompu que par vn Cheualier extremement vaillant, il tente l'auanture, chasse les Demons, casse le Miroir enchanté, & deliure les deux Amants, qui sont mariez par le commandement de l'Oracle, & le consentement du Roy; Florestan espouse Meliphile; & Philene hors d'espoir de posseder Syluie, recognoist la fidelité de sa Dorise, la prenant en mariage.

ADVERTISSEMENT AV LECTEVR.

AMy Lecteur, tu treuueras deux sortes de fautes en ce Liure, que la curiosité de mes amis fait voir au iour malgré moy, n'ayant iamais eu dessein de rendre mon ignorance publique : les vnes sont de l'Imprimeur, & les autres viennent de moy ; pour celles-cy ie les abandonne d'aussi bon cœur à ta censure, que ie te prie de pardonner à celles-là, & d'en remettre le chastiment à la seconde Edition.

Extraict du Priuilege du Roy.

LE Roy par ses Lettres de Priuilege donnees à Paris le 17. Septembre 1627. signees LAMY, & seellees, a permis à FRANÇOIS TARGA Marchand Libraire à Paris, d'imprimer ou faire imprimer, vendre & distribuer vn Liure intitulé, *La Syluie du Sieur* MAIRET, *Tragi-Comedie-Pastorale*. Faisant defences à tous Imprimeurs, Libraires, & autres de quelque qualité & condition qu'ils soient, d'imprimer ledit Liure, en vendre ny distribuer par tout le Royaume, pays & terres de son obeyssance, sans le consentement dudit Targa, pendant le temps de six ans, sur peine aux contreuenans de confiscation des exemplaires, & de six cens liures d'amende, moitié au Roy & l'autre audit Targa, despens, dommages & interests: comme il est plus amplement porté par l'original des presentes.

Ledit Priuilege est entheriné aux Requestes de l'Hostel le 10. *Nouembre* 1627.

LES ACTEVRS.

SYLVIE, Bergere.

THELAME, Prince de Sicile.

PHILENE, Berger.

FLORESTAN, Prince de Candie.

THYRSIS, Cheualier errant.

MELIPHILE, sœur de Thelame.

DORISE, Bergere.

DAMON, pere de Syluie, Berger.

MACEE, mere de Syluie.

AGATOCLES, Roy de Sicile.

LE CHANCELIER.

TIMAPHERE, Capitaine.

PAGE.

LA

LA SYLVIE DV SIEVR MAIRET.

ACTE PREMIER.

SCENE PREMIERE.

FLORESTAN Prince de Candie, THYRSIS.

FLORESTAN.

TOY qu'vn noble desir d'esprouuer ton courage
En tous les accidents du Martial orage,
A tenu si long temps absent de cette Cour,
Où tu viens fraischement de faire ton retour,

Dans la diuersité des Terres estrangeres,
Où l'honneur a porté tes armes passageres,
Thyrsis, laissant à part tout autre nouueauté,
Dy moy, n'as-tu point veu quelque rare beauté
Tu sçais que nos humeurs conformes à nos âges
Par dessus toute chose aiment les beaux visages

THYRSIS.

Donnez vous seulement tant soit peu de loisir,
Et ie rendray content vostre ieune desir,
Entretenant plustost vos yeux que vos oreilles.
Page, reuenez tost, vous verrez des merueilles
Qui veritablement vous feront auoüer
Qu'on ne sçauroit assez les voir ny les loüer.

FLORESTAN.

Que le desir de voir ce miracle me presse,
Mais ce Page desia n'a que trop de paresse,
Il est long à venir.

THYRSIS.

Ne vous tourmentez pas,
Le voicy de retour qui s'auance à grands pas.
Ha! que vous allez voir sous cette couuerture
Vn grand combat de l'Art auecque la Nature

Tout ce que l'Vniuers eut iamais de plus beau
Se presente à vos yeux dans ce petit Tableau.

FLORESTAN.

Cet ouurage est l'effect d'vne dextre sçauante
Plustost que le portrait d'vne Beauté viuante,
Du Peintre qui l'a faict l'industrieuse main
Ne le tira iamais sur vn modele humain:
Ou si c'est le tableau d'vne beauté non feinte,
C'est donc auec excez de grace qu'elle est peinte.

THYRSIS.

Comme on peint le Soleil auecque du charbon.

FLORESTAN.

Vous estes vn mocqueur.

THYRSIS.

Ie parle tout de bon,
Ce n'est point vn rapport, c'est chose que i'ay veuë

FLORESTAN.

Que fait l'original si son image tuë?
Tu n'en as que trop dit, Thyrsis, ie suis vaincu,
I'ay treuué quelque charme en ce fatal escu,
Ie sens que ce Portrait de plus en plus m'inspire
Certains feux violents qui ne se peuuent dire.

Helas! donne à ma playe vn premier appareil,
Apprens-moy le climat où luit ce beau Soleil,
Sur tout fais moy ſçauoir ſon nõ & ſa naiſſance,
Et tu m'obligeras à la recognoiſſance.

THYRSIS.

La Sicile eſt l'aimable & fortuné ſejour
Où ce bel Aſtre donne & reſpire le iour,
Ceux qui ſçauent ſon nom l'appellent Meliphile,
Fille vnique du Roy de la meſme Sicile.

FLORESTAN.

Maintenant ie ſouſpire auec contentement
Sçachant que i'ay le bien d'aimer ſi hautement,
Puis qu'elle eſt comme moy d'vne Royale tyge
L'honneur à la ſeruir dauantage m'oblige.
Mais crois tu que les Dieux me voudrõt accorder
La gloire de la voir & de la poſſeder?

THYRSIS.

A la moindre Ambaſſade elle vous eſt acquiſe.

FLORESTAN.

Cette Legation qu'à moy ſeul n'eſt permiſe,
Vn Dieu tacitement me force de partir,
En vain tous les mortels voudroient me diuertir

De ce nouueau dessein.

THYRSIS.

Monsieur, s'il est poßible
Gardez vous d'entreprendre, vn voyage penible
Est bien plus dangereux que vous ne croyez pas.

FLORESTAN.

Les perils en amour me sont autant d'appas,
Vn timide guerrier que le combat estonne
Ombrage rarement son front d'vne couronne.

THYRSIS.

Quoy que puisse arriuer cet amoureux depart
Ne sera pas si tost.

FLORESTAN.

Dans deux iours au plus tard,
Ie voudrois seulement partir à l'heure mesme.

THYRSIS.

Estrange effect d'amour, impatience extreme!
Si vous n'aimiez pas tant vous redouteriez plus
Le perfide sujet du flus & du reflus,
Où mesme en pleine paix les vaisseaux ont la guerre
Auecque les rochers, les vents, l'air, & la terre.

FLORESTAN.

Toutes les mers du monde où vont les matelots
Pour esteindre mõ feu n'ont point assez de flots,
L'eau ne m'estonne pas, si ie dois rendre l'ame
Dedans quelque element, ce sera dans la flame:
Adieu, ie vais moy mesme au port voir les vaisseaux,
Et choisir le plus propre à courir sur les eaux.

SCENE II.

SYLVIE. PHILENE.

SYLVIE.

APres beaucoup d'ennuis en fin l'heure est venuë
Que sans rendre ma flame ou suspecte ou cognuë
Ie puis entretenir ces rochers d'alentour
Des plaisirs innocens que me donne l'Amour:
Amour, ha! que ce mot sensiblement me touche,
Qu'il plaist à mon esprit, qu'il est doux à ma bouche,

Et que ie fus heureuse alors qu'il decocha
Ce traict d'or qui mon cœur si viuement toucha,
Versant d'vn mesme coup dans le sein de Thelame
Vne pareille ardeur à l'ardeur qui m'enflame.
Dieux! que depuis mes iours sõt doucemẽt coulez,
Que de plaisirs se sont à mes souspirs meslez,
Et que i'ay bien gousté sans crime & sans enuie
Les plus aimables fruicts de l'amoureuse vie!
Vne simple Bergere asseruir sous sa loy
Vn qui peut commander en qualité de Roy,
Au seul ressentiment d'vne faueur si rare
Mon esprit de merueille & de plaisir s'esgare,
Ie forme des pensers à ma confusion,
Et croy que mon bonheur n'est rien qu'illusion.
Mais parmy ce discours dont mon ame se flatte
Le front du iour naissant visiblement esclatte,
Et les petits oyseaux des forests & des champs
Auecque la clarté renouuellent leurs chants;
Ce bois qui de mon heur fut la cause premiere
Sera tantost forcé des traicts de la lumiere:
Vrayment si mon Berger oublioit de venir

Nous perdrions vn beau iour à nous entretenir;
De la peur que i'en ay to⁹ mes esprits s'affligent:
A propos la coustume & le deuoir m'obligent
De luy faire vn bouquet, auant que les chaleurs
De leurs ardans baisers facent mourir les fleurs;
Il me faut despescher, car desia de l'haleine
Des cheuaux du Soleil fume toute la plaine:
Là bas dans vn vallon où deux petits ruisseaux
Se coulent dans vn pré tout bordé d'arbrisseaux,
Nature bien souuēt produit des fleurs nouuelles,
C'est là que ie pourray faire chois des plus belles:
Bons Dieux! le bel esmail, certes à cette fois
Mes yeux perdront icy la liberté du chois.
Deesse du Printemps, Flore à qui la Nature
Des iardins & des prez a donné la peinture,
De grace pousse encor de ton humide sein
Quelque nouuelle fleur qui soit faicte à dessein,
Dont le teint à celuy de mon Amant ressemble,
Où son nom & le mien se puissent lire ensemble,
Mesme s'il est possible où soit representé
L'inuiolable vœu de ma fidelité:
Ainsi tousiours Zephir pour ta beauté souspire,

Ainsi

Ainsi iamais l'Hyuer n'efface ton empire,
Et iamais les chaleurs. Mais n'apperçois-ie pas
Quelqu'vn dans ce taillis qui guide icy ses pas?
Depuis qu'vn iour vn loup me voulut faire outrage
Les objets les plus seurs me dõnent de l'ombrage,
C'est peut estre vn Pasteur, il est vray c'en est vn,
De tous le moins aimable & le plus importun:
Il vient pour m'aborder, que ne m'est-il loisible
D'eschapper, ou du moins de me rẽdre inuisible.

PHILENE.

C'est elle, ie la voy qui fait amas de fleurs
Dans ce pré tant de fois arrosé de mes pleurs:
A l'abord seulement de cet esprit farouche
Les mots comme estouffez me meurent dans la bouche,
Ie fremis, ie paslis: mais c'est trop s'amuser,
L'occasion eschappe à qui n'en sçait vser.

DIALOGVE.

Beau sujet de mes feux & de mes infortunes,
Ce iour te soit plus doux & plus heureux qu'à moy.

SYLVIE.

Iniurieux Berger qui tousiours m'importunes,
Ie te rends ton souhait, & ne veux rien de toy.

PHILENE.

Comme auecque le temps toute chose se change,
De mesme ta rigueur vn iour s'adoucira.

SYLVIE.

Ce sera donc alors que d'vne course estrange
Ce ruisseau reuolté contre sa source ira.

PHILENE.

Ce sera bien plustost lors que ta conscience
T'accusera d'vn crime en m'oyant souspirer.

SYLVIE.

Tes discours ont besoin de trop de patience,
Adieu, le temps me presse, il me faut retirer.

PHILENE.

Arreste, mon Soleil, quoy! ma longue poursuitte
Ne pourra m'obtenir le bien de te parler.

SYLVIE.

C'est en vain que tu veux interrõpre ma fuitte,
Si ie suis vn Soleil ie dois tousiours aller.

PHILENE.

Le Soleil interrompt ses courses vagabondes
Pour voir dessous les eaux les yeux de son soucy.

SYLVIE.

Et moy si ie voyois Philene sous les ondes
Pour voir mourir son feu ie le ferois aussi.

PHILENE.

Iustes Dieux! se peut-il qu'vne Bergere endure
Son Amant à ses pieds d'amour se consumer?

SYLVIE.

Mais plustost se peut-il que ta fureur te dure
Sçachant que ie ne puis ny ne te veux aimer?

PHILENE.

Quelle est donc ton humeur, apprends le moy de grace,
Que ie reclame en fin la mort ou ta pitié.

SYLVIE.

Tu le dois bien sçauoir, mõ cœur est tout de glace,
Et mon ame insensible aux traicts de l'amitié.

PHILENE.

Ha! si tu n'aimois rien ce bois sauuage & sombre
Ne te retiendroit pas dans son sein tout le iour.

SYLVIE.

Il est vray que ie l'aime, à cause que son ombre
Conserue ma froideur contre les feux d'Amour.

PHILENE.

Mon tout, si ta rigueur me passe en repartie
Peut estre ma constance en doit venir à bout.

SYLVIE.

De ce dont on n'a pas encor vne partie
On est bien esloigné d'en posseder le tout.

PHILENE.

Et bien enseigne moy quelque nom qui te plaise,
Et duquel ie te puisse appeller desormais.

SYLVIE.

Appelle moy Syluie, appelle moy mauuaise,
Mais de ces noms d'Amour ne m'en parle iamais.

PHILENE.

Que le Ciel me feroit vn bien inestimable,
Si pour estre insensible il me faisoit rocher!

SYLVIE.

Philene en cet estat me seroit plus aimable,
Car ie l'aimerois mieux de roche que de chair.

PHILENE.

Dieux! tout cõtre le port ie treuue plus d'orage,
Et plus d'aueuglement auprés de mon flambeau.

SYLVIE.

Pourquoy donc imprudent me suy-tu dauantage
Si tu sçais que mon œil te met dans le tombeau?

PHILENE.

Ainsi veut le destin, ingrate, que ie t'aime,
Me forçant par tes yeux à rechercher ma mort.

SYLVIE.

Doncques de ton malheur n'accuse que toy mes-me,
Ou commande à tes yeux d'en accuser le sort.

PHILENE.

Il est vray que tous deux me rendent miserable,
Mais le coup de la mort me vient de ta beauté.

SYLVIE.

Ainsi les imprudens font le Soleil coulpable
De leur aueuglement que cause sa clarté.

PHILENE.

A la fin ie voy bien qu'il faudra que ie meure
Sans tesmoignage aucun que de ta cruauté.

SYLVIE.

Qui n'attend que la mort doit mourir de bonne
En retarder le coup, c'est vne lascheté. [heure,

PHILENE.

Quoy! tu n'auras donc pas pitié de la constance
D'vn pauure cœur qui meurt de tõ amour espris.

SYLVIE.

S'il meurt c'est iustement, il fait la penitence
Du crime qu'il a fait d'auoir trop entrepris.

PHILENE.

Tu veux bien pour le moins auant ma sepulture
D'vn baiser seulement ma douleur appaiser.

SYLVIE. *[ture,*

Sans perdre en mesme temps l'vn ou l'autre na-
Les glaces & les feux ne se peuuent baiser.

PHILENE.

O cœur! mais bien rocher tousiours couuert d'o-
rage,
Où mon amour se perd auec trop de rigueur!

SYLVIE.

On touche le rocher où l'on fait le naufrage,
Mais iamais ton amour ne m'a touché le cœur.

PHILENE.

Disons pour mieux parler d'vne chose si rare,
Si ce n'est vn rocher que c'est vn diamant.

SYLVIE.

Ne t'estonne donc pas si ma rigueur auare
A cause de son prix le garde cherement.

PHILENE.

Au moins que ce bouquet fait de tes mains diui-[nes
Au defaut d'vn baiser recompense ma foy.

SYLVIE.

Tu n'en peux esperer que les seules espines,
Car ie garde les fleurs pour vn autre que toy.

PHILENE.

O Dieux! soyez tesmoins que ie souffre vn mar-[tyre
Qui fait fendre le tronc de ce chesne endurcy.

SYLVIE.

Il faut croire plustost qu'il s'esclatte de rire
Oyant les sots discours que tu me fais icy.

PHILENE.

Tu t'en vas donc Syluie., ô Syluie, ô mon ame!
Est-ce là le loyer que merite ma flame?
Reuiens belle, reuiens, non pour me secourir,

Mais pour m'entẽdre plaindre & pour me voir mourir.
Orgueilleuse Bergere, ingrate fugitiue,
Puisque ta cruauté ne veut pas que ie viue,
Ie luy veux obeyr, arreste encore vn peu,
Ie n'ay plus à pousser qu'vn petit traict de feu.
Mais c'est former en vain vn discours à la nüe,
Elle est desia si loing que ie la perds de veüe,
Et comme si ses pieds approuuoient son desdain
L'inhumaine s'enfuit plus legere qu'vn dain.
Rochers, arbres, ruisseaux, belles fleurs, solitude,
Qui voyez ma constance & son ingratitude,
Quel esprit aujourd'huy sous l'amoureuse loy
A moins de recompense & plus de mal que moy?
On a veu deux moissons depuis l'heure premiere
Qu'elle mit en ses fers mon ame prisonniere,
Depuis ie n'ay cessé de luy faire la cour
Auec des compliments de respect & d'amour:
I'ay cent fois repoussé le loup de son herbage,
Cêt fois i'ay pris le soin de lui faire vn ombrage,
Tesmoin vn cabinet tout tapissé de ver [uert,
Fait de mes propres mains pour la mettre à cou-

Mesmes

Mesmes dernierement ie luy fis vne planche
En vn certain passage où ce ruisseau s'espanche.
Mais pourquoy rapporter ces soins officieux,
Puisque sa cruauté ne m'en traicte pas mieux?
Au contraire on diroit que sa rigueur augmente
Lors que ma passion deuient plus vehemente.
N'importe, si faut-il mourir en ce dessein,
Aussi bien ie ne puis me l'arracher du sein:
Ie croy que le bonheur suiura nostre esperance,
Et qu'elle aura pitié de ma perseuerance:
En tout cas ie verray ferme dans mon tourment
Iusques où le malheur peut pousser vn Amant.

SCENE III.

MELIPHILE. THELAME. SYLVIE.

MELIPHILE.

VOicy l'heure à peu prés qu'en habit de bocage
Mon frere doit passer dedans ce iardinage,
La curiosité me presse grandement

De ſçauoir le ſujet de ce deſguiſement:
Son humeur depuis peu ſe plaiſt à la campagne,
Sans vouloir toutefois ſouffrir qu'on l'accõpagne,
Et contre ſa couſtume il ne fait que ſonger:
Ie l'apperçois qui vient en habit de Berger,
En fin ie vous y prends, l'eſtat où ie vous treuue
De vos intentions m'eſt vne claire preuue,
L'eſprit le moins ruſé ſeroit trop eſclaircy
De l'amoureux deſſein qui vous amene icy;
Il n'en faut pas rougir, en de ſemblables choſes
Amour fait biẽ ſouuẽt d'autres metamorphoſes,
Bien long temps deuant vous on nous dit que les Dieux
En habits empruntez ſont deſcendus des Cieux.
Non, non, ne craignez point d'enſeigner vn myſtere
A qui ſçait comme il faut & parler & ſe taire.

THELAME.

Cõme on permet le mal qu'on ne peut empeſcher
Il faut bien deſcouurir ce qu'on ne peut cacher.

MELIPHILE.

Peut eſtre ma franchiſe vn peu trop curieuſe

Dedans sa priuauté vous est iniurieuse.

THELAME.

Nullement, tant s'en faut, que mon plus grand regret
Est de t'auoir caché si lon temps mon segret.

MELIPHILE.

Si vous me faictes part de cette confidence,
Croyez qu'asseurémẽt mes soins & ma prudẽce
Vous y pourront seruir, outre que deschargé
D'vn secret important l'esprit est allegé.

THELAME.

Sçache donc, chere sœur, que ce cœur insensible,
Ce cœur qu'on a tenu si long temps inuincible,
Que tant de beaux objects dont se pare la Cour
N'auroient peu rẽdre encor susceptible d'amour,
De libre où il estoit incessamment souspire,
Esclaue deuenu de l'amoureux empire.

MELIPHILE.

Ce n'est pas d'aujourd'hui que i'ay deu me douter
Du sujet du discours que ie viens d'escouter,
A voir les mouuemens de vostre inquietude,
Et comme vostre humeur aimoit la solitude,

Il estoit bien aisé de faire vn iugement
Conforme à la raison de vostre changement.
Mais quelle est la Beauté qui se donne la gloire
De remporter sur vous vne telle victoire?

THELAME.

Vne que tu pourrois à peine imaginer
Si tu n'es bien sçauante en l'art de deuiner.

MELIPHILE.

Ie ne sçay, mais au moins ie croy que c'en est vne
Digne de vostre amour & de vostre fortune.

THELAME.

Asseurément.

MELIPHILE.

I'entends vne qui soit de rang
Et de condition sortable à vostre sang.

THELAME.

Ie ne te tiendray pas dauantage en balance,
Icy ma paßion implore ton silence,
Icy ie te coniure au nom de l'amitié
De tenir ce depos plus cher de la moitié
Que ton propre interest, ou que ta propre vie.
O Dieux! sans me pasmer puis-ie nõmer Syluie!

C'est elle qui m'arreste en des liens dorez,
Qui mesme par vn Dieu deuroiēt estre adorez:
Les dons d'ame & de corps dont elle est bien pourueuë
Charmēt à mesme temps & l'esprit & la veuë,
Son visage où iamais ne s'appliqua le fard
Ignore les attraits qu'on emprunte de l'art,
On n'y voit point blanchir la ceruse & le plâtre
Comme en ceux qu'aujourd'huy nostre Cour idolatre:
Diane dans les bois, Arethuse dans l'eau,
N'eurēt iamais le teint ni plus frais ni plus beau,
C'est le plus noble cœur, l'humeur la plus docile,
Et le meilleur esprit qui soit en la Sicile:
Au reste s'il y a quelque souuerain bien,
On ne le doit chercher que dans son entretien.

MELIPHILE.

Les belles qualitez qui la rendent aimable
Font que dans vostre chois vous n'estes point blâmable,
Il est certain qu'elle a des attraits assez doux
Pour oster la raison à tout autre qu'à vous:

Mais de croire qu'vn Prince aimât vne Bergere
Si ce n'est d'vn' amour ou feinte ou passagere,
C'est ce qui de mon sens s'esloigne tellement,
Que ie n'oserois pas y songer seulement.

THELAME.

O ma sœur! si ton cœur auoit vne estincelle
De ce nouueau brasier qu'au dedans ie recelle,
Au lieu de censurer mes innocens desseins
On te verroit bien tost les sentimens plus sains,
Tu sçaurois que le nœud d'vne amitié parfaitte
Assemble egalement le Sceptre à la Houllette,
Que des objects mortels ont faict plaindre les Dieux,
En vn mot tu sçaurois que l'Amour n'a point d'yeux.

MELIPHILE.

Il est vray, mais aussi vous ne prenez pas garde
Qu'à son aueuglemẽt vostre hõneur se hazarde,
Et qu'insensiblement il vous va preparant
Le triste euenement d'vn danger apparent.
Vous cognoissez du Roy l'implacable cholere,
Il veut que tout le monde ait soucy de luy plaire.

Croyez-moy, vos projects seroient beaucoup meilleurs
Si suiuant mon auis vous les tourniez ailleurs.

THELAME.

O Ciel! sans me vanger puis-ie oüyr ces blasphemes!
Impitoyable sœur, est-ce ainsi que tu m'aimes?
Conseillere importune, au lieu de me guerir
As-tu donc entrepris de me faire mourir?

MELIPHILE.

Ie ne m'estonne pas si vostre esprit s'afflige,
Plus on veut vostre bien plus on vous desoblige.

THELAME.

Garde ce bien pour toy, m'en peut-il arriuer
Vn plus grãd que celuy dont tu me veux priuer?
Tu me vas conseillant d'amortir vne flame
Que ie tiens mille fois plus chere que mon ame,
Tu me veux engager en vne trahison,
Tu me veux faire en fin aualler du poison:
Est-ce là le moyen de me donner remede?
Non, non, i'aime bien mieux que personne ne m'ayde.

MELIPHILE.

A ce conte il faudroit qu'on vous laissast perir.

THELAME.

Celle qui m'a blessé me sçaura bien guerir,
Ses beaux yeux ont assez de quoy rendre la vie,
Et de quoy la rauir quand ils en ont enuie,
N'en sois point en souci, mais seulement permets
Que de leurs traicts ardans ie brusle desormais.

MELIPHILE.

Puisque cette fureur est vn mal necessaire,
Ie croy que le meilleur est de vous laisser faire,
Cependant auisez de conduire si bien
Le cours de vos amours, que l'on n'en sçache rien:
Vous sçauez que les Roys ont de bonnes oreilles.

THELAME.

Pourueu qu'à la seurté de nos plaisirs tu veilles,
Et que ton amitié nous asiste au besoin,
Nous n'aurons en cecy ny censeur ny tesmoin.

MELIPHILE.

Asseuré de ma foy sans reserue & sans doute,
Vous pouuez hardimẽt poursuiure vostre route,
Rien ne choque si fort un amoureux desir,

Que de luy retarder les fruicts de son plaisir,
Vous n'en faittes que trop icy l'experience.

THELAME.

Il est vray que mon cœur auec impatience
Sçachant que sans faillir ma Bergere m'attend
Souspire apres le bien que son espoir luy tend.
Adieu, ie suy l'aymãt qui m'attire auprés d'elle,
Souuiens-toy de m'aimer & de m'estre fidelle.
Non guere loing d'icy ie descouure le lieu
Qui chaque iour m'esleue à la gloire d'vn Dieu,
Où dans vn petit fonds que le fueillage couure
Ie voi des raretez qu'on ne voit point au Louure:
Mais d'où vient que Syluie est encor à venir,
Quel obstacle la peut si long temps retenir?
Ma défiãte humeur me voudroit faire accroire
Qu'elle manque aujourd'huy d'amour ou de memoire,
Ie m'en desdis pourtant, ie fais tort à sa foy,
Si ie brusle pour elle, elle brusle pour moy.

SYLVIE sortant de derriere vn buisson.

Tu le peux bien iurer sans te rendre pariure.

THELAME.

Ha! mon Ange pardon, ie t'ay fait vne iniure.

SYLVIE.

Voyez si ie me plais à nourrir vos douleurs,
Au lieu de vous punir ie vous donne des fleurs.

THELAME.

Et moy qui m'en retiens les espines dans l'ame
Ie te donne en reuenche vn baiser tout de flame.

SYLVIE.

Si mon amant resueur, solitaire & transsy
Voyoit les priuautez que ie vous souffre icy,
Ayant desia sujet comme il a de se plaindre,
Vrayment ce seroit bien pour l'acheuer de peindre.

THELAME.

Comment? quelqu'vn, Syluie, ose-t'il desirer
Vn bien pour qui moy seul ay droit de souspirer?

SYLVIE.

Tantost comme i'estois seule dans la prairie
Laissant parmy les fleurs errer ma resuerie,
Philene, qui me dit l'object de ses tourments,
M'a presque assassinee auec ses compliments.

THELAME.

Ie croy que ce riual en sa poursuitte vaine
N'a rien gaigné sur toy.

SYLVIE.

Ne t'en mets point en peine,
Tout autre que Thelame en vain proposeroit
De s'acquerir Syluie.

THELAME. *Vn Dieu ne l'oseroit,*
I'aime trop cherement vn bien que ie possede,
Ie perdray la lumiere auant que ie le cede,
Mon ame asseure toy que tu verras vn iour
Des merueilleux effects du fruit de mon amour.

SYLVIE.

Seigneur, vostre amitié me rend toute confuse,
I'ay peur qu'imprudemment en fin ie n'en abuse,
Ie ne merite pas.

THELAME. *Brisons là mon souci,*
Si tu veux m'obliger ne parle plus ainsi.

SYLVIE.

Pleust aux Dieux vissiez vous mõ ame toute nuë
Pour iuger de sa flame.

THELAME. *Elle m'est trop cognuë,*

I'aimerois beaucoup mieux. te voir le corps tout nu.

SYLVIE.

Ie vous croyois vray'ment vn peu plus retenu,
Mais à ce que ie voy.

THELAME. *I'ay beaucoup d'innocence*
Pour auoir tant d'amour.

SYLVIE. *Plustost trop de licence.*

THELAME.

Ie voy bien que c'en est, il faut que ta rigueur
Se plaise incessamment à me voir en langueur:
Mais desia le Soleil bien haut sur l'Hemisphere
N'a plus que la moitié de sa visite à faire,
Ce bocage prochain nous inuite à propos
A la commodité du frais & du repos;
Couchons nous sur ces fleurs, l'herbe & la fueille verte
S'offrent à nous seruir de lict & de couuerte:
On diroit proprемẽt que ces beaux mirthes verts
Aux pauures amoureux tẽdent les bras ouuerts;
Voicy le mesme endroit d'amour & de frãchise
Où Venus autresfois embrassoit son Anchise,
C'est icy que le Dieu qui preside aux combats

Le harnois despoüillé vient prendre ses esbats;
Icy le moindre object au plaisir nous conuie,
Icy les ennemis des douceurs de la vie
Ne viennẽt point troubler le repos d'vn Amant.

SYLVIE.

Il est vray que voicy le lieu le plus charmant
Qui se puisse treuuer.

THELAME.

Loing de la complaisance;
Ie croy que sa douceur luy vient de ta presence,
Que tes yeux seulement le font gay comme il est,
Que c'est par ta beauté que la sienne me plaist,
Que ce bois n'entretient son ameublemẽt sombre
Qu'à dessein de te faire vn present de son ombre,
Que le fond verdissant de ces taillis fleuris
Ne tire son esclat sinon de tes sousris;
Mesme que les zephirs du mont & de la plaine
Afin de t'escouter retiennent leur haleine;
Que pour te resioüyr parmy ces alisiers
Les petits rossignols exercent leurs gosiers;
Bref il est asseuré que tout ce paysage
N'a d'embellissement que de ton beau visage.

SYLVIE.

Di ce que tu voudras afin de me loüer,
Ie me garderay bien de te desaduoüer,
N'ayant point de vertu qui ne te soit commune;
Ou bien si tu le veux ie suis comme vne Lune,
Si ie luis, ce n'est point d'autre feu que du tien.

THELAME.

De grace oblige moy, laissons ces entretien,
Et rends la guerison à mon esprit malade,
Donne moy ie te prie vne amoureuse œillade,
Tire moy seulement vn de ces chauds regards
Dont tu peux embraser les cœurs de toutes parts:
Souffre sans murmurer que ma bouche idolatre
Imprime ses baisers dessus ton sein d'albatre.
O transports! ô plaisirs du corps separez,
Où voulez vous rauir mes esprits esgarez,
Mon Ame, mon Soleil, mon Ange tutelaire?
Ha! ta douceur me tue à force de me plaire,
Mes sens esuanoüys d'aise me vont quitter,
Si tu ne prends le soin de me ressusciter.

SYLVIE.

Ie sçay bien que i'ay trop d'indulgẽce amoureuse,

Ie te ſerois meilleure eſtant plus rigoureuſe;
Si tu mourois durant cet aimable tranſport,
Sans doute ie ſerois coulpable de ta mort.
Outre que i'ay ſi peur que quelqu'vn ne nous voye,
Que i'en ſens de moitié diminuer ma ioye.
Ie croy que ces rochers ne ſont point aſſez ſours
Pour n'auoir pas ouy nos folaſtres diſcours,
Que ce petit ruiſſeau tacitement en gronde,
Qu'il graue les baiſers ſur le front de ſon onde;
Que ces fueilles en fin & ces fleurs que ie vois
Sont pour nous deſcouurir autant d'yeux & de voix.

THELAME.

Que crains-tu? l'Amour meſme eſt noſtre intelligence,
Il veille ſur nous deux auecque diligẽce,
C'eſt luy qui tient exprés ces rameaux enlaſſez
Pour deſendre au Soleil de nous voir embraſſez.
Mais quoy! veux-tu deſia me quitter ma Deeſſe?
Attens encor vn peu, mõ cœur riẽ ne nous preſſe,
N'expoſe point ton teint à la chaleur du iour.

SYLVIE.

Ie ne ſçaurois icy faire plus long ſejour,

Il me faut remener mes troupeaux au village.

THELAME.

Où les as-tu laissez?

SYLVIE.

Au long de ce riuage

Sous la protection d'vn mastin asseuré,

I'ay grand' peur seulemẽt d'auoir trop demeu

Cela me met en peine & fait que i'apprehend

Qu'arriuant au logis on ne me reprimende.

THELAME.

Dans deux heures au moins tu reuiens en ce li

SYLVIE.

Ie n'y manqueray pas.

THELAME.

Adieu doncques.

SYLVIE.

Adieu.

ACTE SECOND.

SCENE PREMIERE.

DAMON. MACEE.

DAMON.

IL faut que ie te die icy sans plus attẽdre
Ce qu'à regret ie viens tout fraischement d'entendre,
L'affaire est d'importance, & principalement
En ce qu'elle nous touche & presse egalement,
Qu'vn orage prochain troublant nostre bonace,
De naufrage asseuré dans le port nous menace.
O fille sans esprit, qu'à tes pauures parens
Tes desirs desreglez vont de soins preparans.

MACEE.

Dieux! qu'est-ce qu'il a dit, ie gageray ma vie
Qu'en ces termes couuerts il parle de Syluie.
Damon ne me tiens plus dauantage en suspens,
Ie sens dedans mon sein errer mille serpens,

Et l'apprehension qui m'estonne & me trouble
De moment en moment en mon ame redouble,
Mon esprit au soupçon du malheur attaché
Me dit que nostre fille a son honneur taché,
Est-il vray mon amy?

DAMON.

Ie n'en sçay rien m'amie!

MACEE.

Il est trop veritable: ô Dieux! quelle infamie,
Voila nostre maison couuerte desormais
D'vn reproche honteux qui ne mourra iamais:
Pleust au Ciel que la mort nous prist tous trois ensemble.

DAMON.

Tu t'affliges, Macee, & trop tost ce me semble,
Encor ne faut-il pas s'attrister à credit,
On m'a dict seulement.

MACEE.

Et que vous a-t'on dit?

DAMON.

Que le nuisible esclat des beautez de Sylvie
Auoit au fils du Roy la liberté rauie,
Que ce Prince amoureux son entretien goustoit,

Luy parloit à l'escart, & qu'elle l'escoutoit:
Considerant le temps, le lieu, le personnage,
Tout cela ne vaut rien à celles de son âge,
Et crois que ce Seigneur ne daigneroit la voir
Que pour passer son temps & pour la deceuoir:
De moy cela me trouble & me tient en ceruelle.

MACEE.

Vray mẽt vous m'auez dit vne estrãge nouuelle,
Mais d'ailleurs que sçait-on si son funeste auteur
N'en seroit point aussi luy mesme l'inuenteur?
Il dit cela peut-estre afin de nous déplaire.

DAMON.

Il est homme de bien, & tesmoin oculaire,
Il a dedans le parc plusieurs fois aduisé
Syluie auec Thelame en Berger déguisé.

MACEE.

Au moins parmy les droits que dõne la puissance
Il ne les a point veuz prendre trop de licence,
Car i'ose m'asseurer que ce ieune Seigneur
Regle ses passions au compas de l'honneur,
Et que son naturel, ses mœurs, ny son courage
Ne sçauroient se porter à l'excez d'vn outrage,

C'est ce qui me console.

DAMON.

O! qu'est-ce que i'entens,
Tu te cognois fort mal aux malices du temps,
Ie t'apprens que les grands sont au siecle où nous sommes
En matiere d'amour comme les autres hommes,
Et que ce ne sont pas seulement nos Bergers
Qui sont dissimulez, seducteurs & legers.
Dy moy s'il est certain que cet esprit volage
Suiuant les mouuemens & les desirs de l'âge,
Et contre la grandeur de sa condition,
Recherche nostre fille auecque passion,
Que pourra deuenir cette flame insensee?
A quelle fin crois-tu que tende sa pensee?
A la sincerité du lien coniugal,
Le party ce me semble est par trop inegal,
C'est à quoy la raison nous defend de pretendre.
Berger ie me propose vn Berger pour mõ gendre.

MACEE.

On sçait biẽ qu'il n'est pas hõme pour l'espouser,
Il a l'ame trop bonne aussi pour l'abuser.

DAMON.

En pareil accident c'est manquer de science,
Que de s'en reposer dessus la conscience.

MACEE.

De quel autre dessein est-il donc incité?

DAMON.

De celuy d'attenter à sa pudicité,
Et de deshonorer nostre pauure famille.

MACEE.

L'asseurance que i'ay de l'honneur de ma fille,
Et que l'esprit d'vn Prince est rarement trõpeur,
M'affranchira du blasme ainsi que de la peur,
Mesmes s'il est permis de tirer quelque augure
Des songes que Morphee en dormãt nous figure,
Ie tiens suiuant celuy que ie veux reciter,
Que cette affection nous pourra profiter,
Et qu'estant comme elle est innocemment conceue
Elle finira bien si ie ne suis deceue.
Soyez donc attentif si vous voulez oüyr
Vn discours dont la fin nous deuroit resioüyr.

DAMON.

Le plaisir est bien vain qui procede d'vn songe.

MACEE.

Encore treuue-t'on quelque appas au mensonge,
Et principalement alors qu'il va flattant
Vn esprit dans la peur de son malheur flottant.
Cette nuict sur le poinct que pour desplaire à l'ombre
Le Ciel estinceloit de petits feux sans nombre,
Et que les froids pauots du sorcier de nos maux
Assoupissoient les sens de tous les animaux,
Il m'a semblé de voir dans vne grande plaine
Nostre fille au milieu de ses troupeaux à laine,
Ce iour à mon aduis estoit bien le plus beau
Que iamais ait formé le celeste flambeau,
Le Ciel par tout vny sans ride & sans nuage
Sous vn esclat d'azur monstroit son beau visage,
Quand tout à coup voila qu'vn air triste & fas-[ché,
Dans vn nuage noir a le Soleil caché,
Les bocages couuerts d'horreur & de tenebres
De plaisans qu'ils estoiẽt sont deuenus funebres,
Parmy l'obscurité de cette espaisse nuit
Vn soudain tourbillon auec vn fort grand bruit
Apres m'auoir en vain deux ou trois fois heurtee

D'vn violent effort à ma fille emportee:
I'auois beau regarder, il faisoit si tres-noir,
Qu'à quatre pas de moy ie n'eusse peu la voir,
Au defaut du regard mon oreille attentiue
Receuoit à tous coups sa voix foible & plaintiue
Qui venoit iusqu'à moy d'vn lamentable accent,
Ainsi que d'vn esprit que la mort va pressant:
Lors veritablement la crainte naturelle
A faict place à l'amour que i'eus tousiours pour elle,
Car quelque precipice où i'eusse peu courir
I'ay fait tous mes efforts pour l'aller secourir:
Ie l'asseurois desia de mon ayde presente
Quãd ie me treuue à coup si lourde & si pesante,
Que pour la deliurer d'vn asseuré trespas
Ie n'eusse peu vers elle auancer d'vn seul pas:
Tantost il me sembloit glisser dessus du verre,
Et tantost que mes pieds se coloient à la terre,
Mesme au lieu d'aller droit où sa voix m'appelloit
Vn souffle impetueux par fois me reculoit
Dans les extremitez, où sans changer de place
Mon front s'estoit couuert d'vne sueur de glace,

Le Ciel s'est allumé d'vn feu subit & clair,
Et la foudre aussi tost a suiui son esclair,
Vn deluge de pluye & de gresle menuë
Apres cela suiuant a fait creuer la nuë:
Alors il est certain que tant d'objects d'erreur
M'ont touché les esprits de crainte & de terreur

DAMON.

Est-ce là ce beau songe en qui ton esperance
A mis ses fondements auec tant d'asseurance?
Et quoy, ne vois-tu pas qu'en toutes ces couleurs
Il ne nous marque riẽ que soins & que douleurs.

MACEE.

Iusqu'icy ie l'aduoue, il est vn peu funeste,
Mais donnez vous loisir d'en escouter le reste:
I'estois dans ces frayeurs quã d'vn traict de clarté
Passant tout au trauers du broüillars escarté,
Et meslant parmi l'air l'argent de sa lumiere,
A remis les objects en leur forme premiere:
Bõs Dieux que de plaisirs, & que de toutes parts
Toute chose s'offroit plaisante à mes regards,
Les herbes & les fleurs n'estoiẽt nõ plus couchees
Que si le tourbillon ne les eust point touchees,

L'effect

L'effect prodigieux de l'orage paßé
Iusqu'à la moindre marque estoit tout effacé:
Au lieu que ie craignois de rencontrer Syluie
Ou morte, ou pour le moins en danger de sa vie,
Ie la vis neantmoins dessous d'autres habits
Aßise au pied d'vn arbre auprés de ses brebis.
Tout contre elle vn Berger qui luy faisoit caresse
Ainsi qu'vn ieune Amant feroit à sa Maistresse,
Elle qui luy passoit les doigts dans les cheueux
Monstroit que son desir s'accordoit à ses vœux:
Là dessus m'approchant ie fus bien estonnee
Que ie la vis par tout de pompe enuironnee,
Son habit rayonnant d'vn esclat somptueux
N'auoit rien que d'auguste & de majestueux;
Iamais tant de beautez à mes yeux n'esclaterent,
Ny iamais si long temps mes regards n'arresterent;
Ma mere, me dit-elle en m'embrassant bien fort,
Ne craignons plus les vents, nous sommes dans le port,
Voyez-vous ce Berger, c'est luy qui m'a tiree

Des horreurs d'vne mort qu'on m'auoit preparee,
C'est luy qui m'a donné ce riche habillement,
Et c'est luy seul aussi que i'aime vniquement.
Sousriant à ces mots elle acheuoit à peine,
Qu'vne foule de monde apparut dans la plaine,
Bergeres & Bergers chantans confusément
Certains airs qui pourtant s'entendoient aisément,
Meslez comme ils estoient le respect sur la face
Ils nous ont salué d'vne fort bonne grace;
Apres se diuisant, les hommes reunis
Ont rendu aux Bergers des honneurs infinis,
Les filles d'autre part s'adressant à la mienne
A l'imitation de la plus ancienne,
Ainsi que les Bergers ont ployé les genoux
Toutes à mesme temps s'inclinant deuant nous,
Vne en fin s'aduançant & fort belle & fort grande
Sur le front de Syluie a mis vne guirlande.
La dessus nostre coq au retour du Soleil
De son chant importun a rompu mon sommeil.

DAMON.

Tout grossier que ie suis ie ne m'attache guere
A ces sottes erreurs qui touchent le vulgaire,
Les superstitions n'engagent point ma foy,
Mon iugement s'en moque & leur donne la loy.

MACEE.

Ie suis d'auecque vous, Damon, que d'ordinaire
Le presage d'vn songe est moins qu'imaginaire,
Mais il faut aduoüer qu'on en a faict aussi
Dont les predictions ont fort bien reussi,
Ie cognois vne femme en nostre voisinage
Qui me dira bien tost ce que le mien presage.

SCENE II.

DAMON. MACEE. PHILENE. SYLVIE.

DAMON.

OR sus, quoy que c'en soit, ie m'en remets aux Dieux
Qui reglent nos destins, & font tout pour le mieux:

Cependant inuentons quelques ruses secrettes
Afin de diuertir ces folles amourettes,
Ie croy que le meilleur est de la marier,
Et de treuuer quelqu'vn à qui l'apparier.

MACEE.

Grace à Pan, nous auons, pourueu qu'elle nous [plaise,
Des biens suffisammẽt pour la mettre à son aise.

DAMON.

Philene en ce hameau Berger tres-opulent
A tousiours eu pour elle vn desir violent,
Cent fois il m'a prié de luy donner pour femme,
Si cette affection luy tient encor dans l'ame
Il luy faut accorder, & sans plus de façon.

MACEE.

Il est vray que Philene est bien gentil garçon,
Et tres-bon mesnager, mais ie crains que Syluie
Pour le mesme sujet n'ait pas la mesme enuie.

DAMON.

Ait ou non, son desir du nostre dependant
Ne nous peut qu'obeyr: taisons nous cependant,
Car ie voy ce Pasteur qui vers nous s'achemine
Auecque la façon d'vn esprit qui rumine.

MACEE.

Il ne fait pas semblant de nous voir seulement,
Le fait-il à dessein?

DAMON.

A dessein, nullement.
Vois-tu pas que sa veue aux herbes attachee
Descouure quelque espine en son ame cachee?
Allons le retirer de ce penser profond,
Dont le fiel en son cœur de plus en plus se fond.
Berger, l'affection m'oblige à vous distraire
D'vne humeur à vostre âge entierement contraire,
Quelle honte, mon fils, que tout vieux que ie suis
Il faille m'employer à chasser vos ennuis,
Vous qui franc des chagrins qu'vn long âge nous laisse,
Deuriez à vostre exemple en sauuer la vieillesse;
Ne me le cachez point, dittes moy franchement
Qui cause en vostre humeur ce nouueau changement,
Quelque loup auroit il dedans vos Bergeries
Auec ses dents graué l'horreur de ses furies?

PHILENE.

Vn mortel basilic surpris à l'impourueuë
M'a coulé son venin dans l'ame par la veuë.

DAMON.

Bons Dieux! vn basilic, pourtant ie m'esbahis
Qu'vn semblable serpent se treuue en ce pays.

MACEE.

Courage mon enfant, ie sçay vne racine
Qui peut à vostre mal apporter medecine.

DAMON.

Et moy ie sçay aussi certains vers ambigus
Qui seruent d'antidote aux venins plus aigus.

PHILENE.

Vos racines, vos vers, ny vos sciences vaines
N'arracheront iamais ce poison de mes veines,
Outre qu'il me tourmente auec tant de plaisir,
Que pouuant bien guerir i'en perdray le desir.

DAMON.

Comprends-tu le sujet de cette maladie?

MACEE.

Ie le pourray sçauoir pourueu qu'il me la die
En termes plus exprés, & dont le sens ouuert

Soit moins de fictions & d'ombrage couuert.

DAMON.

Je cognois le poison qui son esprit altere,
Tout cecy n'est sinon vn amoureux mystere:
Va t'enquerir Syluie.

MACEE.

Essayez donc tandis
A le desennuyer.

DAMON.

Fais ce que ie te dis:
Si bien pauure Berger que la funeste œillade
D'vn meschant basilic vous a rendu malade:
Mais ne croyez vous pas qu'on vous peut secourir?

PHILENE.

Ma plus ferme creance est celle de mourir.

DAMON.

Non, vous n'en mourrez pas, venez venez Syluie.

PHILENE.

Dieux! pourquoy dressez vous cette embusche à ma vie?
Voila ces mesmes yeux qui d'appas animez

M'ont d'vn filtre amoureux les sens enuenimez,
A leurs moindres regards ie brusle & ie frissonne.

SYLVIE.

Parlez mieux, mes regards n'ont faict mal à personne,
Berger qui viue encor ne s'en plaindroit qu'à tort.

PHILENE.

Il est vray si Philene est compté pour vn mort.

DAMON.

Sus, sus, ne faisons point icy la discoureuse,
Ce Pasteur dont la vie est pour vous langoureuse
Merite desormais qu'on le prenne à mercy,
Outre que mon vouloir vous le commande ainsi.

PHILENE.

Puisque c'est à ce coup qu'à l'aise & sans contraintes
Ie dois rompre la digue au courant de mes plaintes,
Bergere escoutez les, vous en estes l'objet,

Et vostre

Et vostre cruauté m'en a faict le sujet.

SYLVIE.

Ie ne vous entends point.

PHILENE.

Vous auez donc l'oreille
Ou bien l'intelligence à vostre ame pareille.

MACEE.

Damon retirons nous, mon visage & le tien
Ne seruent que d'obstacle à leur libre entretien.

PHILENE.

Iusques à quand en fin, Bergere inexorable,
Tiendrez vous à la gesne vn Amãt deplorable?
Vous sçauez les tourments que mon ame a souf-
fers
Depuis deux ans passez qu'elle est dedans vos
fers,
Vous cognoissez le feu dont elle est consommee,
Feu dont autre que vous n'a la flame allumee,
Et qui pour vn objet plus ingrat ou plus beau
Ne peut estre couuert des cendres du tombeau.

SYLVIE.

Ie veux d'oresnauant afin de vous complaire

Croire que vous m'aimez d'vn amour exemplaire,
Et qu'à mon grand regret vous portez dans le sein
Vn mal que d'y causer ie n'eus iamais dessein,
Au contraire le Ciel m'est tesmoin que i'essaye
Par fuitte & par mespris à guerir vostre playe.

PHILENE.

O façon de guerir mille fois augmentant
La cruauté du mal!

SYLVIE. *Necessaire pourtant.*

PHILENE.

Necessaire, il est vray, si vous auez enuie
De finir les langueurs de ma mourante vie,
Si pour vous deliurer d'vn miserable Amant
Vous le voulez bien tost coucher au monument.
Bien, bien, puisque Philene en viuāt vous afflige
Il faudra qu'en mourant au moins il vous oblige.

SYLVIE.

Vous vous pourriez tromper.

PHILENE. *Pourquoy?*

SYLVIE. *Pource, Berger,*

Que vous pourriez mourir, & nõ pas m'obliger.

DAMON.

Hé bien, la treuuez-vous maintenant plus traittable?

PHILENE.

Ainsi qu'auparauant, voire plus indomptable.

DAMON.

Comment, depuis le temps que vous estes icy
Vous n'auez point du tout son courage adoucy:
La treuuez-vous tousiours de cruauté si pleine?

PHILENE.

Elle est tousiours Syluie, & moy tousiours Philene.

DAMON.

Ha! certes mon enfant ta constante amitié
M'arrache ou peu s'en faut des larmes de pitié,
Il la faut excuser, ieune encor' & niaise
Elle estime l'amour vn tyran de son aise,
Mais le temps luy doit faire vn iugement plus meur,
Et moy reduire au ioug sa libertine humeur:
Cependant, beau Pasteur, ne perdez point courage,

Nous aurõs vn long calme apres vn long orage;
Tandis en ma maison prenez tout le pouuoir
Qu'au logis de son pere vn gendre peut auoir,
Asseuré que dans peu visiblement changee
A ma deuotion elle sera rangee.

PHILENE.

Oracle gracieux! mais dont ie n'attends rien,
Pour me promettre, helas! trop d'aise & trop de bien,
Mon pere ie ne sçay quelle grace vous rendre.

DAMON.

Adieu mon fils.

PHILENE.

Adieu.

DAMON.

Viuez content mon gendre.

SCENE III.

DAMON. SYLVIE. MAGRE.

DAMON.

QVe i'ay pitié du sort de ce pauure garçon,
Si faut-il à Syluie en faire vne leçon.
Fille. SYLVIE. Que vous plaist-il?
DAMON. Sotte mal auisee
Vous riez, ce n'est pas matiere de risee,
Sçauez-vous qu'il y a, ie veux resolument
Que mon choix sur le vostre agisse absolument,
Et que ciuilisant cette humeur indocile
Vous donniez à Philene vn accez plus facile.

SYLVIE.

Ie rendray si ie puis tous vos desirs contents.

DAMON.

Voila comme il faut faire, & cõme ie l'entends.

SYLVIE.

Mais de grace auisez que ie ne suis pas d'âge
Ny d'humeur à subir si tost le mariage.

DAMON.

O la plaisante excuse inuentee à l'instant,
Vostre mere, ma fille, en disoit tout autant,
Aussi ieune que vous elle feignoit mauuaise
D'en aimer pas vn ioug dont elle estoit bien aise.

MACEE.

Sus, sus, causeur, laissons ces discours superflus,
Vous parlez là d'vn tẽps qui ne reuiendra plus.

DAMON.

Il est vray, toutesfois gageons que la memoire
T'en est bien douce encore.

MACEE. *Pas tant qu'on pourroit croire,*
Mon innocence alors sa liberté perdit.

DAMON.

Ma fille ne crois pas ce que ta mere en dit,
Fais meurir seulement les fruicts de mon attente,
Espousant vn Berger qui te rendra contente,
La ieunesse en cecy ton desir eschauffant
T'apprendra que l'Amour luy mesme est vn enfant.

SYLVIE.

Helas! pourquoy si tost me rendre infortunee,
Autant que les serpens i'abhorre l'Hymenee.

DAMON.

Simple, tu l'aimeras dés la premiere nuict
Qu'il t'aura fait goûter les douceurs de son fruit

SYLVIE.

Ma mere, mon refuge, & seule en qui i'espere,
Helas! de ce dessein divertissez mon pere.

MACEE.

Cette fille, Damon, ne s'y resoudra pas,
Elle estira plustost dit-elle le trespas.

DAMON.

En fin vous me faschez, le droit de la naissance
Ne l'oblige-t'il pas à la recognoissance?
Outre que c'est son bien & mon contentement.

MACEE.

Encore est-il besoin de son consentement,
Il faut que son desir s'exprime par sa bouche,
L'interest de l'affaire entierement la touche.

DAMON.

Qu'on ne m'en parle plus, ce que i'ay dict sera,
Et sous ma volonté l'affaire passera.

SYLVIE.

Plustost permettez moy de voüer à Diane

Le reste de mes iours.

DAMON. Vous estes trop profa

Elle ne reçoit point de telles gens que vous,
Ie veux que vous ayeZ Philene pour espoux;
Bergere n'aspireZ à la couche d'vn Prince,
SongeZ à quel dessein cette corde ie pince.
Et toy qui sans raison la sienne peruertis,
Toy qui si laschement flatte ses appetits,
Sçache que tu la perds, & que ton impruden
Met sa honte & la nostre en pareille euiden

MACEE.

Damon appaiseZ vous, parlons sans passion
Combien en voyons nous qui dans l'auersion
Du lien coniugal sont en mauuais mesnage?
On ne voit autre chose en nostre voisinage.
Certes il m'est aduis pour vn commencement
Qu'il faudroit la traitter vn peu plus douceme

ACTE TROISIESME.

SCENE PREMIERE.

PHILENE. DORISE.

PHILENE.

O Philene aueuglé, la passion t'abuse,
Ton salut desormais ne gist plus qu'à la ruse,
Tu crois que l'orgueilleuse a trop d'ambition
Pour se tenir au fort de ta condition,
Et que seduite, helas! d'vn espoir qui la trompe,
Elle espere aux grandeurs d'vne Royale pompe,
Pauure fille de cœur, & qui ne cognoist pas
Qu'on tend à son honneur ces funebres appas;
Fais luy voir les erreurs de ce mortel Dedale
Où l'engage l'excez d'vne flame inegale,
Sauue sa chasteté d'vn pas si dangereux
Par vn effort d'esprit subtil & genereux;
Tu le peux aisément, car pour peu qu'elle croye

Que ce Prince autre part ses caresses employe;
D'vn si sanglant affront son grand cœur offencé
De despit esteindra ce brasier insensé:
Ainsi couuertement & sans beaucoup de peine
Tu feras succeder ton amour à sa haine.
Mais Dieux! cõme à mes yeux l'occasiõ se ioint,
Vne fille qui m'aime, & que ie n'aime point,
S'en vient tout droit icy, selon que ie presume,
Afin de me parler du feu qui la consume;
Garde toy pour ce coup de la persecuter,
Car elle sçait trop bien ta ruse executer.

DORISE.

O fauorable iour qui me fais voir encore
L'homicide beauté du Pasteur que i'adore;
Le voila seul pensif, & qui ne me voit pas,
Approche toy de luy s'il se peut pas à pas:
Berger c'est trop réuer, l'Amour m'a dispensee
D'interrompre le cours de ta vague pensee,
Hé Dieux! qui la sçauroit.

PHILENE.

Ie te iure ma foy
Sans feindre & sans mẽtir que ie songeois à toy.

DORISE.

A moy, Philene, à moy, tu ſongeois donc poßible
A me faire mourir d'vn treſpas plus ſenſible,
Et ie croy qu'en ce cas tu dis la verité.

PHILENE.

Non, non, i'ay relaſché de ma ſeuerité,
Ie ne ſuis plus fantaſque, & rien moins qu'hypo- [crite,
Ie fais vœu deſormais d'eſtimer ton merite.

DORISE.

Ne me flattes-tu point d'vn langage mocqueur?

PHILENE.

Ma bouche eſt en cecy le tableau de mon cœur,
Vn veritable amour n'a prix que de luy meſme.

DORISE.

Helas! tu cognois bien s'il eſt vray que ie t'aime.

PHILENE.

Ie ſuis trop eſclairci de ton affection,
Mais pour mieux m'aſſeurer de ſa perfection
Voudrois-tu ſur le champ me faire vn bon office?

DORISE.

Et que peux-ie pour toy, mon cœur, que ie ne fiſſe?
Diſpoſe de mon ſort, commande ſeulement,

Veux-tu qu'à tes genoux ie meure?

PHILENE. *Nullement,*

Il faudroit que le Ciel m'eust fait naistre barbare
Pour massacrer ainsi vne amitié si rare,
Ie ne veux rien sinon que sans faire semblant
Auprés de la forest tes troupeaux assemblant
Ton œil soigneusement obserue le passage
D'vn Pasteur estranger, ieune, haut de corsage,
Le poil blond & frizé, l'œil beau, le front ouuert,
Et d'vn habit de lin fort proprement couuert,
Qui la blancheur du lys & de la neige efface.

DORISE.

Et quand ie l'auray veu que veux-tu que ie face?

PHILENE.

Tasche de l'aborder, fais luy tres-bon accueil,
Et feins qu'vn moucheron te soit entré dans l'œil,
Le priant d'y souffler deux ou trois fois de suitte:
Et souuiens-toy sur tout entierement instruitte
De te mettre à l'escart, asseurant tout à coup
Que ton mal par le vent s'augmẽte de beaucoup:
C'est d'où ie veux tirer la preuue indubitable
De ton affection ou feinte ou veritable.

DORISE.

Si ce Berger auoit ma priere à mespris.

PHILENE.

Cela ne sera pas, il est trop bien appris.

DORISE.

Ne te mocques-tu point?

PHILENE.

Ha! non, ie te le iure.

DORISE.

Il faut que tout cecy soit donc vne gageure.

PHILENE.

Iustement, & desia nos gages sont tous prés.

DORISE.

Conte m'en le sujet.

PHILENE.

Tu le sçauras apres,
Fais ton ieu seulement, adieu le temps s'approche.

DORISE.

Si i'y mãque d'vn poinct tu m'en feras reproche.

PHILENE.

Courage, tout va bien, grace à Pan iusqu'icy
Au gré de mes souhaits l'affaire a reußy:

Ie vais treuuer Syluie, & dans sa fantaisie
Dresser à petits traits vn plan de ialousie.

DORISE.

Amour que sçauãment ceux là te crayonnoient,
Qui l'esprit & le corps d'vn enfant te dõnoient,
Peu de chose t'irrite, & peu de chose aussi
Peut rẽdre en mesme temps ton courage adouci:
Depuis vn si long temps que tu m'as enflamee,
I'auois tousiours en vain ta bonté reclamee,
Et tu fais maintenant touché de mon ennuy,
Que mon Amãt a part au mal que i'ay pour luy:
Tout ainsi qu'au trauail tu ioints la recompense,
Et que tu fais du bien lors que moins on y pense.
Or sus, voicy la place où ie me dois tenir
Pour descouurir celuy qui doit tantost venir:
Entreprise facile autant que dangereuse,
Helas! de toy depend ma fortune amoureuse.

SCENE II.

SYLVIE. PHILENE.

SYLVIE.

I'Ayme, ie le confesse, vn Pasteur estranger
D'vn' amour que iamais on ne verra chãger,
C'est pourquoy tu perds tẽps de me faire caresse,
C'est en vain que d'amour ta passion me presse,
Et que tu veux icy m'asseurer que sa foy
S'engage tous les iours vers vn autre que moy:
Ta ialouse malice est trop lasche & trop vaine
Pour m'alterer l'esprit, & pour me mettre en peine.

PHILENE.

Ie vous dis ce qui est.

SYLVIE.

Ie n'en crois rien à moins
D'auoir de sõ forfait mes deux yeux à tesmoins.

PHILENE.

Et biẽ ie vous promets que vous ne verrez goute,
Ou vous ne mettrez plus son inconstance en doute.

SYLVIE.

Si tu ne viens à bout de ce que tu promets
Resous toy de bonne heure à ne me voir iamai
Songe plus d'vne fois à si haute entreprise.

PHILENE.

Ainsi meure l'ardeur dont mon ame est esprise
Si ie ne vous fais voir son infidelité,
Et si ie ne conuaincs vostre incredulité.
Cachez vous seulement dans ce petit bocage,
Où l'esprit & le corps treuueront de l'ombrag

SYLVIE.

Que nous verrons tantost vn esprit esbahi.

PHILENE.

Mais que nous en verrons vn autre bien trah

SCENE III.

THELAME. DORISE. SYLVIE. PHIL.

THELAME.

A La fin i'ay quitté cette foule importune
Que traisne chez les Roys l'espoir & l
fortune,

Ie m

Ie me suis desrobé d'vn tas de Courtisans,
Dont ie ne puis souffrir les discours mesdisans,
La mesme solitude a fait mon equipage,
Elle ne m'a laissé ny seruiteur ny page,
En ce petit dessein où la presse me nuit
Mon amour m'accompagne & mon ombre me suit:
Il m'est encore aduis que mon train pesche en nombre,
Il faudra qu'au retour i'en retranche mon ombre,
Car desia le Soleil sous l'horison penchant
Decline peu à peu vers les flots du couchant.
Mais que voudroit de moy cette ieune Bergere?

DORISE.

Pardonne moy, Pasteur, la douleur me suggere
De reclamer ton ayde, & de t'importuner
D'vn prompt soulagement que tu me peux donner,
En te recompensant toutesfois d'vne rose.

THELAME.

Et que veux-tu Bergere?

DORISE.

Helas! fort peu de chose,
Vn petit moucheron d'vn vol precipité
Ie ne sçay comme quoy dans mon œil s'est ietté,
Qui me fait ressentir vn mal incomparable,
Ie te voudrois prier de m'estre secourable.

THELAME.

Si feray de bon cœur, ouure l'œil seulement.

DORISE.

Encor vn coup, Berger, mais souffle doucement.

THELAME.

Sens-tu que la douleur encore continuë?

DORISE.

Plustost qu'elle s'appaise & qu'elle diminuë.

SYLVIE.

O Prince desloyal! que ta brutalité
Triomphe laschement de ma fidelité.

DORISE.

Viens moy souffler encor en ce coupeau paisible,
Où la froideur du vent me sera moins nuisible.

PHILENE.

Vous voyez maintenant si i'ay rien auancé

Contre la verité de ce qui s'est passé,
Sçauante à vos despens par cet apprentissage
Vous pourrez desormais en deuenir plus sage,
Faisant choix d'vn Amant à Philene pareil.

SYLVIE.

L'accident arriué me donnera conseil.

PHILENE.

Adieu, peut-estre vn iour vous me serez meilleure.

SYLVIE.

Horreur de mes regards va t'en à la mal'heure.

PHILENE.

Dieux! que ie suis content, la ruse a prosperé
Iustement tout ainsi que i'auois esperé,
Le temps doit acheuer le reste de l'ouurage.

SYLVIE.

Profitable malheur, salutaire naufrage!
Helas! que ma raison te benira du bord,
Puisque sur ton desbris elle gaigne le port.
Bons Dieux! que mon destin a d'estranges merueilles,
Ce mal contagieux, qui pris par les oreilles

M'auroit blessé le cœur d'vn amoureux poison
Maintenant par les yeux reçoit sa guerison,
Ainsi l'vn m'a perdue, & l'autre m'a sauuee,
Ainsi de ces deux sens i'ay la force esprouuee.
Ah! le voicy qui vient d'vn air qui ne ressent
Rien moins que la noirceur de son crime recent
O Prince desloyal, ame double & profane,
Et pour tout exprimer en vn mot, Courtisane.

THELAME.

Ce petit moucheron m'a long temps retenu,
La diuine Beauté pour qui i'estois venu
Accusant iustement mon amour de paresse
M'en receura peut estre auec moins de caresse:
La voila qui languit sans doute en m'attendant
Au pied de ce rocher sur la plaine pendant:
Amour vole deuant, & messager fidelle
De mon retardement excuse moy vers elle:
Toutesfois n'y vas pas, car ie puis m'asseurer
Qu'auprés d'elle aussi tost tu voudrois demeurer
Et puis si la mauuaise est en humeur de rire
Lors que ie l'iray voir elle me pourra dire

Que ie suis vn trompeur, vn amoureux de Cour,
Et que ie l'irois voir en vn mot sans amour.
Il me faut dextrement preuenir son reproche:
O mon Ange oste toy de dessous cette roche,
Ton cœur qui n'a desia que trop de dureté
Pourroit facilement prendre sa qualitê,
Tu pourrois endurcir, voire parauanture
As-tu desia perdu ta premiere nature.
Tu ne me responds mot, ie croy naïfuement
Que tu n'as plus de voix ny plus de mouuement:
S'il est vray que tu sois en roche conuertie
Dis moy comme vn Echo deux mots de repartie.
Ie voy bien que c'en est, il me faut approcher,
Et baiser mille fois cet aimable rocher.

SYLVIE.

Non, non, vous ne deuez de moy rien plus attendre
Que ce qu'vne subiette à son Prince doit rendre,
Reduite par vous mesme aux termes du deuoir,
Ie n'ay plus cet' amour que ie soulois auoir,
Amour, funeste amour imprudemment conceue
Dans le credule esprit d'vne fille deceue.

THELAME.

Adorable Beauté, qui ne t'aimeroit pas,
Puisque tes cruautez ont mesme des appas?

SYLVIE.

Ie ne me repais plus de ces belles paroles
Que l'artifice enseigne en ses noires escoles.

THELAME.

Mon cœur, si tu me veux pousser dans le cercueil
Tu n'as qu'à m'affliger d'vn si mauuais accueil,
D'où viennent ces froideurs?

SYLVIE.

Vous le deuez cognêstre,
Trompeur, puisque c'est vous qui les auez faict naistre.

THELAME.

Ie meure sur le champ si mes sens interdis
Comprennent rien du tout de ce que tu me dis.

SYLVIE.

Ne cognoissant que trop le sujet de ma plainte
C'est en vain qu'au forfaict vous adioustez la feinte.

THELAME.

Tous ces discours au lieu de me faire sçauant
Me rendent plus confus que ie n'estois deuant.

SYLVIE.

Dittes que mon amour plein d'honneste licence
Pour la vostre profane auoit trop d'innocence,
Dittes qu'il vous falloit vn esprit resolu
Qui bruslast comme vous d'vn flambeau dissolu:
Viuez viuez content, asseuré que Syluie
Va reprendre le train de sa premiere vie.

THELAME.

O Dieux! c'est tout de bō, l'inhumaine s'enfuit,
Helas! en quel estat me treuue-ie reduit,
A quelle extremité cet accident me range,
Que nos prosperitez sont subiettes au change,
Et sur tout & sur tout que du soir au matin
On voit bien tost changer vn amoureux destin:
Tantost dans vn bonheur seul à moy mesurable,
Si le Ciel seulement me l'eust fait plus durable,
Ie beuuois à longs traicts des plaisirs inoüys
Qui comme vne vapeur se sont esuanoüys:
Maintenant tout me nuit, où tout m'estoit propice,
Ie tombe en vn moment du faiste au precipice,
Et du plus fortuné de tous les amoureux

Ie suis le moins coulpable & le plus malheureu
Beaux arbres, belles fleurs, & toy claire fontai
Qui viens cõme mõ mal d'vne source incertain
Seuls & premiers tesmoins de ma captiuité,
Qui vistes mon amour en sa natiuité,
C'est à vous que ie viens, vous à qui ie m'adre
Pour me remettre en grace auecques ma M
stresse:
Car veritablement la mort n'a point de dards
Que ie craigne à l'esgal de ses mauuais regard
Vous luy direz qu'à tort sa rigueur me querel
Que mõ cœur n'a de feu pour autre que pour el
Que le bien de luy plaire est mon plus doux sou
Et qu'elle a tort en fin de me traitter ainsi.
Arbres ie vous supplie en vostre escorce dure
Comme sur de l'airain grauez ce que i'endur
Fleurs pour l'amour de moy peignez vous d
couleurs
Dont la mort sur mon front exprime mes dou
leurs,
Et toy miroir liquide arreste vn peu ta glace,
Que mon image y treuue vne fidele place,

Afi

Afin qu'elle cognoisse & mesme au fond de l'eau
D'vn amant tout de feu le merueilleux tableau;
Ainsi iamais les ans ne tarissent ta source,
Iamais rien que l'amour n'interrompe ta course,
Que la robe des fleurs dont ton riuage est peint
Ne change desormais ny d'esclat ny de teint,
Que la Naiade en fin qui cause ton martyre
De ton Palais d'argent iamais ne se retire,
Qu'elle seiche tousiours ses cheueux sur tes bords,
Et que tousiours tõ onde embrasse sõ beau corps:
Mais l'ombre qui des monts embas se precipite
D'vn retour importun desia me sollicite,
Faut-il auec le iour si tost me retirer?
Que me sert de vouloir plus long temps differer?
La Cour, quoi que ie vueille, & quoi que ie cõsul-[te
D'vn paisible repos me rappelle au tumulte.
Beaux lieux vous me deuez à bõ droit pardõner
La faute que ie fais de vous abandonner,
Vous recognoissez bien en mon visage blesme
Que m'arracher de vous c'est m'oster à moy mes-
me.
Et toy qui dans ces bois & parmi ces buissons

Fais durer nuict & iour tes piteuſes chanſons,
Roßignol va treuuer l'Amante de Cephale,
Et luy dis de ma part que demain elle eſtale
Les plus belles couleurs qu'elle pourra treuuer,
Puis qu'elle doit auoir vn Prince à ſon leuer.

SCENE III.

SYLVIE. DORISE.

SYLVIE.

CHimeriques diſcours, amoureuſes penſees,
Ne me rallumez pas ces flames inſenſees,
Ne m'entretenez point deſſus l'eſtat paſſé,
Et ne retracez plus ce portraict effacé,
Sur qui dés à preſent ie veux paſſer l'eſponge,
Et dont le ſouuenir me ſera moins qu'vn ſonge.
Infidele Thelame, impoſteur deſloyal,
Que tu fais mal paroiſtre vn courage Royal,
Et qu'en cette action d'vn glorieux lignage
Tu te donne vn hõteux & laſche teſmoignage;
Que le Demon eſt grand qui t'a ſollicité
De triompher ainſi de ma ſimplicité:

Pour vne si fameuse & si belle victoire [stoire?
Faut-il point que ton nom treuue place en l'hi-
Ha Prince indigne objet d'vn vertueux amour,
Esclaue corrompu des vices de la Cour,
Ame dans la mollesse & la fraude trempee,
Que tu m'as bien, helas, que tu m'as biẽ trompee:
Mais, ô pensers ingrats autant que superflus,
Ie vous auois prié de ne me parler plus
De ce perfide Amãt qui cherchoit mon dõmage,
Pourquoy donc venez vous m'en rapporter l'i-
mage?
Enfans desnaturez voulez vous aujourd'huy
Par vn commun accord me trahir comme luy?
Non nõ, si vous aimez mon repos & ma gloire
Vous deuez tout à faict en perdre la memoire,
De m'en dire du bien ny du mal desormais,
En vn mot vous deuez ne m'en parler iamais.
Voici venir quelqu'vn, il est temps de se taire.

DORISE.

Que faittes vous Bergere en ce lieu solitaire?
Voulez vous pas tenir le chemin du hameau?
Desia tous nos Bergers au son du chalumeau

Quittent de tous costez les mõts & la cãpagne
Allons ma sœur, allons, que ie vous accompagne
A vous voir seule icy, mesme à l'heure qu'il est,
Quelque chose ie croy vous trouble & vous desplaist
Contez moy le sujet de vostre fascherie.

SYLVIE.

Vne brebis que i'ay tousiours la plus cherie
Contre son ordinaire a quitté le troupeau,
Ainsi que ie prenois le frais sur vn coupeau.

DORISE.

L'auez vous bien cherchee?

SYLVIE. *Il n'est mont ny vallee*
En tout ce pasturage où ie ne sois allee.

DORISE.

A ce conte il faudroit beaucoup moins s'affliger,
Veu qu'infailliblement quelque ieune Berger
Comme il auient souuent, te l'aura voulu prẽdre
Pour se donner apres le bien de te la rendre,
En t'obligeant par là de le recompenser
Au moins d'vn grand mercy, comme tu peux penser.

SYLVIE.

Si quelqu'vn m'auoit fait la fourbe, ie te iure

Qu'aulieu de compliments ie luy dirois iniure,
Semblable priuauté ne m'obligeroit pas
Qui m'auroit tant cousté de soucy & de pas

DORISE.

La ruse en cas d'amour ne peut estre blasmable
A qui n'en veut vser que pour se rẽdre aimable,
On peut se preualoir de ses inuentions
Pour paruenir au but de ses intentions.
Or à propos d'amour & des ruses subtiles,
Dont nos Bergers par fois ne sont que trop fertiles,
Pour te desennuyer en ton chemin faisant
Il faut que ie te face vn conte assez plaisant,
D'vn Pasteur qui n'est pas de nostre voisinage,
A qui i'ay fait ioüer vn tres bon personnage,
Et d'vn qui se presente à tes yeux chaque iour,
Et pour qui sans mentir ie souspire d'amour,
D'vn qui du reuenu de cent troupeaux à laine
Enrichit sa maison, en vn mot c'est Philene.
Il est tard, commençons d'aller tout doucement,
Ie t'en diray la fin & le commencement,
Pourueu que puis apres tu n'en aille rien dire,

Car ma condition en pourroit estre pire.

SYLVIE.

Ce discours embroüillé me tient en grand soucy
Philene auroit il point fait esclatter icy
Vn trait de sa malice & de sa ialousie?
Desia de peur mon ame en est toute saisie.

ACTE QVATRIESME.

SCENE PREMIERE.

LE ROY. CHANCELIER. TIMAPHERE.

LE ROY.

PVisque par vn arrest egalement fatal
On glisse au monument depuis le iour natal
Que l'absolu pouuoir de ceux qui nous font viure
Nous oblige aux assauts que la tombe nous liure,

Mesme qu'à la faueur des naturelles loix
La mort porte son dard à la gorge des Roys,
Moy qui voy que suiuant le cours de la natu-
Ie dois biẽ tost passer dedãs la sepulture, [re
Mes esprits dissipez, pesans & refroidis
N'agissant plus en moi cõme ils souloiẽt iadis,
Auant que de mes iours la suitte soit bornee,
Ie veux mettre mõ fils dans le lit d'Hymenee,
Et me rendre immortel en ma posterité,
Au moins si i'ay ce biẽ vers les Dieux merité.

CHANCELIER.

Sire tout vostre peuple apres ce bien souspire,
Et certes le Demon qui regit vostre Empire
Ne pouuoit inspirer à vostre sacré sein
Vn plus considerable & plus iuste dessein,
Car outre le desir qui sans doute vous touche
De voir des rejettons sortir de vostre souche,
C'est que dans l'interest d'vn voisin allié,
Vous rendez vostre Estat plus ferme & plus lié,
Souuent entre deux Roys vn sortable Hy-menee

Tient vne Monarchie auec l'autre enchaine
Dißipe les projets que forme l'estranger,
Et rompt ceux qu'au dedans le mutin pe[...]
forger;
Rendez en ce bonheur la Sicile contente,
Et ne l'affligez pas d'vne si longue attente,
Tant de riches pays qu'enuironne Thetis
Nous fourniront assez d'auantageux parti[...]
Entre autres nous auons la Cypre qui san[...]
cesse
Par ses Ambassadeurs nous offre sa Princess[...]
Et c'est à mon aduis de tout autre party
Le plus considerable & le mieux assorty.

LE ROY.

C'est où ma volonté dauantage se porte.

CHANCELIER.

Sire quand on verra d'vne chaine si forte
Deux Sceptres si puissans estroittement vnis
Alors l'on pourra voir nos bon-heurs infinis

LE ROY.

Vn scrupule espineux me demeure dãs l'ame
Tantost i'ay proposé la matiere à Thelame,

Ie l'a[...]

Ie l'ay sur ce sujet diuersement tenté,
Mais ses lentes froideurs ne m'ont point contenté,
Ie crains auec raison qu'vne amitié furtiue
Ne tienne son esprit en cette humeur retiue,
Et que la liberté d'vn amour inegal
Ne luy cause vn dégoust du lien coniugal:
Toutesfois nous sçaurons du sage Timaphere
S'il me veut plaire ou nõ en ce dernier affaire,
Le voicy de retour: Et bien est-il rendu?
Gouste-t'il maintenant cet Hymen pretendu?

THIMAPHERE.

Ie n'y voy nullement sa volonté portee,
Au contraire elle en est tout à faict escartee,
I'ay fait ce que i'ay peu pour en venir à bout,
Mais inutilement.

LE ROY.

Que veut-t'il apres tout?

THIMAPHERE.

Que vostre Majesté le souffre auec licence
Encor vn ou deux ans viure dans l'innocence,
Et suiure les plaisirs ausquels les ieunes gens

Sans crime & sans essay peuuent estre indulgens.

LE ROY.

Ouy, si bien qu'il voudroit qu'au gré de son caprice
Ma raison se rengeast, & que ie le souffrisse.
L'affaire asseurément tout autrement ira,
Ie ne dis autre chose, il s'en repentira,
Auant que le Soleil sa clarté nous ramene
Ie luy feray cognoistre & sa faute & ma haine.

CHANCELIER.

Sire ie crois pour moy le Prince si bien né,
Que quelque empeschement dont il soit destourné
S'il cognoist que l'affaire importe à la Sicile,
On ne le treuuera nullement difficile.

LE ROY.

Ce desordre est pour vous vn mystere caché,
Seul ie sçay le sujet qui me l'a desbauché:
Non non, ie veux sonder le mal en sa racine,
Et d'où vient le poison tirer la medecine.
Thimaphere escoutez, aussi loing de mon parc

Comme en deux ou trois fois pourroit porter vn arc
Vous deuez rencontrer la Bergere Syluie,
Amenez la demain sur peine de la vie,
Et tenez le secret außi cher que le iour.

THIMAPHERE.

Sire du grand matin ie seray de retour.

LE ROY.

Mutin ie t'apprendray que ie suis en puißãce
De punir tost ou tard ta desobeyssance,
Que i'ay de ta folie vn vif ressentiment,
Et que ie luy prepare vn noueau chastiment.

CHANCELIER.

Si vostre Majesté suiuant la violence
Cette faute du Prince à la rigueur balance
En qualité de iuge, elle s'offencera,
Mais en celle de pere elle s'appaisera,
Et puis de son erreur la ieunesse est complice.

LE ROY.

C'est excuser la faute, & non pas le supplice,
C'est par ses ieunes ans son crime authoriser,
Et sa rebellion außi fauoriser.

Celuy qui sans le coup d'vn esclat de tonnerre
Allumoit vn brasier aussi grand que la terre,
Tout ieune qu'il estoit laissa-t'il pour cela
De sentir la rigueur du feu qui le brusla?

CHANCELIER.

Amour est vn torrent dans vn ieune courage
Que les empeschemens font enfler dauãtage,
Qui veut en voir la fin le doit laisser courir.

LE ROY.

Doncques les bras croisez & sans le secourir
Il faut voir les dãgers où cet amour le pousse.

CHANCELIER.

Non, mais l'en retirer d'vne façon plus douce,
La force ne peut rien sur vn cœur genereux.

LE ROY.

Si le sien estoit tel il seroit amoureux
D'vn sujet à son rang aucunement sortable,
Qui rendroit pour le moins sa faute supportable,
Mais le lasche qu'il est, est pris dans vn lien
Qui ternit la splendeur du nom Sicilien,
Au lieu d'vne Princesse il aime vne Bergere,

Vne fille des champs.

CHANCELIER.

Cet' amour passagere
N'estant pas de nature à longuement durer
Finira pour si peu qu'on la vueille endurer.

LE ROY.

L'endurer, ma bonté ne l'a que trop soufferte,
C'est dont i'ay plus à craindre à ma honte &
ma perte,
Ie deuois estouffer ce monstre en son berceau,
Et tarir ce torrent quand il estoit ruisseau.
Dittes-moy que sçait-on à quel poinct de folie
Le peut vn iour porter cette melancholie,
Aujourd'huy moy defunt possible que demain
Cette belle Sorciere auroit le Sceptre en main,
Et l'Europe verroit vne ieune effrontee
Sur les ailes d'Amour dans mon Trosne mõtee.

CHANCELIER.

Nous ne verrons iamais vn si grand chãgement

LE ROY.

Non, car ie sçauray bien y mettre empeschemẽt,
L'enuoyant promener sur le riuage blesme.

CHANCELIER.

Ha Sire.

LE ROY.

Elle fera perir mon Estat & moy mesme,
Si l'Estat ne la fait elle mesme perir.

CHANCELIER.

C'est empirer le mal & non pas le guerir,
Si le Prince a pour elle vne amitié si forte,
Que ne fera-t'il point quand il la verra morte?

LE ROY.

Auecque l'esperance il en perdra l'amour.

CHANCELIER.

Il perdra plus encor, car il perdra le iour.

LE ROY.

L'object mort, le soucy n'en trauaille plus guere.

CHANCELIER.

Il est vray quand on aime à la façon vulgaire,
Mais lors qu'on est bruslé d'vn flābeau violent
L'obiect esteint, le feu n'en deuient pas plus lent,
La cendre du tombeau le cōserue & l'augmente
Pour la personne aimee en la personne amante:
Mais l'on n'en viendra pas à ces extremitez,

Ceux dont les actions ça bas vous imitez
Les Dieux vous ont appris que c'est par la clemence
Que le premier degré de leur gloire commence.

LE ROY.

Et c'est par où plustost la mienne doit finir,
Mon salut & le leur gist à les bien punir,
A leur faire sentir vne peine exemplaire
Qui les remette apres au soucy de me plaire,
A quoy se resoudra mon esprit balancé,
Si ie la fais mourir son trespas auancé.
Pourra porter mon fils à des termes tragiques,
Il vaut mieux se seruir des remedes magiques,
Ce beau couple amoureux en fin ne mourra pas,
Mais ce qu'il doit souffrir est plus que le trespas:
Car pour rendre la peine à la faute assortie
L'esprit en souffrira la meilleure partie.

SCENE II.

THELAME. SYLVIE.

THELAME.

SI ie t'eusse treuuee encore ce matin [sti
En ta mauuaise humeur, i'acheuois mon de
Ce n'est pas du pouuoir des Parques qu'il releu
En toy seule il commence, en toy seule il s'acheu
Bons Dieux, quãd ie t'ouys parler si froidemen
Quand ie vis mon amour traitté si rudement,
De combien de couleurs me fut la face peinte:

SYLVIE.

Ne te doutois-tu point que ce fust vne feinte?

THELAME.

Non, car ie le croyois, ignorant que i'estois
Du sujet pour lequel tu me persecutois:
Mais dés que i'eus pris garde aux traicts de ton visage,
I'entray dans les frayeurs d'vn sinistre presage,
Sur tout ie cognus bien que c'estoit tout à bon

Lors

Lors que tu t'enfonças dans le petit vallon,
Alors certes alors tu fus mal asseuree
De la fidelité que ie t'auois iuree.

SYLVIE.

Il est vray que i'eus tort, mais ne t'ay-ie pas dit
Comme quoy par les yeux ma raison se perdit,
Quand & de quelle main la fraude fut tissue?
En vn mot tu sçais bien comme ie fus deceue.

THELAME.

Apres tout ie sois mort, si le tour n'est subtil,
Et si l'autheur aussi n'a l'esprit bien gentil.

SYLVIE.

Ce discours a duré trop long temps ce me semble,
Depuis le point du iour que nous sõmes ensemble
Il a continué tousiours iusques icy,
Finissons-le mõ cœur. TH. *Ie le veux mon soucy.*

SYLVIE.

Mõ Prince vous réuez, quelque chose vous fas- [che,
Si vous m'aimez encor faittes que ie le sçache,
Et que ie participe à vostre affliction.

THELAME.

Ma tristresse ne vient que d'apprehension,

I'ay peur que de nostre heur le destin ne s'ennuïe,
Et qu'apres le beau tẽps ne nous vienne la pluïe,
La proposition que i'ay receue du Roy
Et son front menaçant me donnent de l'effroy.

SYLVIE.

Que veut le Roy de vous?

THEL. *Ce qu'il en doit attendre,*
Mais ce que mon humeur me defend de luy ren-
dre.

SYLVIE.

Il vous veut marier. TH. *Il veut ce que iamai*
Il n'aura de Thelame, & ie te le promets,
Syluie, auparauant que ce malheur m'arriue,
Auant qu'vn autre object de ta beauté me priue,
Ces monstrueux tõbeaux que nous voyons là ba
Où gisent les autheurs de ces fameux combats
Qui iusques dans les Cieux esleuerent l'audace
Au lieu du feu qu'ils ont n'aurõt que de la glace.
Croy que la passion que i'ay pour ta beauté
Est bien loing de la feinte & de la nouueauté,
Et que ie ne suis point de ceux là qui pour gage
De leur affection n'ont rien que le langage,
Courtisans effrontez, hypocrites, menteurs,

De qui l'amour consiste en des termes flateurs,
Le mien asseurément est bien d'autre nature,
Le temps qui mange tout luy sert de nourriture.

SYLVIE.

L'authorité du Roy pourra beaucoup sur vous.

THELAME.

I'ay de la sympathie auecque les cailloux,
Ie iette plus de feu lors que plus on me choque.

SYLVIE.

Et le bien de l'Estat.

THEL. C'est de quoy ie me mocque,
I'aime bien mes subiets, ie ferois tout pour eux,
Mais par raison d'Estat me rẽdre malheureux,
C'est le dernier effect d'vne imprudence extrême
Que tu ne voudrois pas me conseiller toy mesme:
Crois-tu que pour se voir dans vn Trosne doré
D'vne presse idolatre à genoux adoré,
On nage pour cela dans vn fleuue de ioye,
Franche des mouuemens que la douleur enuoye?
Non non, fort peu souuent les solides bon-heurs
Se fondent sur l'esclat des biens & des honneurs,
Les vrais contentemens attachez aux personnes

Ne suiuent que de loing la pompe des Couronnes,
De moy quād aujourd'huy ie me verrois chāger
Ma qualité de Prince en celle de Berger,
Pourueu qu'auecques toy ie coulasse la vie,
Les Roys les plus contents me porteroient enuie:
Aussi quand on verroit l'vn & l'autre Soleil
Faire dans mes pays son somme & son resueil,
Sans toy qui fais le tout de ma bonne fortune,
Cette vaine grandeur me seroit importune.

SYLVIE.

Sur tout que l'amitié que vous auez pour moy
N'attire point sur vous la colere du Roy.

THELAME.

Le conseil en est pris, ie n'en sçaurois desmordre,
I'espere que les Dieux y donneront bon ordre:
Le chaud est violent, hastons-nous de choisir
Quelque ombre où nous puissions nous parler à [loisir.

SYLVIE.

Ce vieux orme escarté nous presente la sienne,
Comme la plus secrette & la plus ancienne.

THELAME.

Que me seruent ces lieux de rafraichissement,

Helas, puisque par tout ie brusle egalement?
Vois-tu comme cet' eau subtilement se roule,
C'est de mesme façon que nostre âge s'escoule,
C'est ainsi que le temps s'enfuit d'vn pied leger,
Si nous n'auons le soin de le bien mesnager,
Ce sont enseignemens qui nous deuroient instrui-
[re.

SYLVIE.

Malicieux, i'entends ce que vous voulez dire,
Mais donnez vous loisir d'escouter vn discours
Qui ne sera sinon de matiere d'amours:
Au temps que la Nature habille les bocages,
Vn Pasteur estranger vint en nos pasturages,
La beauté d'vn pays & d'vn climat si doux
Aussi tost l'obligea de viure parmy nous,
Le bruit de ses vertus & de son bon mesnage
Le fit bien tost cognoistre à tout le voisinage,
Chacun le cherissoit, & les biens à foison
En tout temps cõme flots couloient dãs sa maison:
Il auint que le iour d'vne certaine feste,
Où des plus belles fleurs chacun couure sa teste,
Où sans se soucier d'aigneaux ny de brebis
Tout le monde se met en ses plus beaux habits,

Amour luy fit ietter les yeux ſur vn viſage
Qui de la liberté luy fit perdre l'vſage.

THELAME.

A propos n'as-tu point taſché de retenir
Soigneuſement leurs noms dedans ton ſouuenir

SYLVIE.

Le Berger auoit nom le fortuné Nicandre,
Et la fille Delie. Or acheuez d'entendre,
Ce nouuel amoureux ſe retire touché
Du pire traict qu'Amour ait iamais decoché:
Voila qu'il perd le ſoin de ſa meſnagerie,
Il n'a plus l'œil ouuert deſſus ſa Bergerie,
Les troupeaux & le maiſtre empirent peu à peu
Il bruſle nuict & iour d'vn inuiſible feu,
C'eſt à regret qu'il boit, c'eſt à regret qu'il mãge,
On ne ſçait d'où luy vient ce chãgement eſtrãge;
En fin ne prenant plus ny ſommeil ny repos,
Vn ſoir il rencontra ſa Bergere à propos,
Le mal qui le preſſoit l'obligea de luy dire
D'vne tremblante voix l'excez de ſon martyre,
La priant à genoux d'auoir pitié de luy,
Autrement que la mort gueriroit ſon ennuy,

En vn mot il fit tant que la simple Bergere
Agrea sur le champ son amour passagere;
Il chasse tout chagrin, & traitte auecques soin
Ses troupeaux, qui sans doute en auoiēt bō besoin:
Cet amour esclata si fort en sa naissance
Que presque tout le mōde en eut la cognoissance,
Leurs moutons qu'ils menoient aux lieux plus reculez
Ainsi que leurs pensers estoient tousiours meslez:
On ne voyoit graué sur mainte escorce tendre
Que le nom de Delie & celuy de Nicandre.
Parmy ces priuautez il arriua qu'vn iour
Nicandre trauaillé du feu de son amour
Pressa fort viuement l'honneur de sa Bergere
Auec tous les discours que la fraude suggere,
Elle de qui l'esprit n'estoit pas des plus forts
Se rendit à la fin à de si longs efforts:
Depuis de son Berger l'ardeur si violente
Se perdoit chaque iour & deuenoit plus lente,
Si bien qu'en peu de tēps par vn certain dégoust
Ce trompeur desloyal ne l'aima plus du tout.
Ie vous laisse à penser si la melancholie

Ne mit pas hors du sens l'imprudente Delie.
Elle perd la raison, elle tombe en fureur
Du vif ressentiment qu'elle a de son erreur;
En fin le desespoir si fort la sollicite
Que d'vne roche en bas elle se precipite:
Le funeste accident qui la priua du iour
Remplit de telle horreur tous les lieux d'alẽtour
Qu'à peine le rocher peut souffrir que lon die
Qu'il seruit de theatre à cette tragedie:
Echo se retira dans vn autre rocher,
Afin qu'on ne luy peust ce meurtre reprocher:
Ainsi l'amour lui couste & l'hõneur & la vie:

THELAME.

O qu'elle n'estoit pas si fine que Syluie,
Il s'en falloit beaucoup: assez proche de nous,
I'entens vn instrumẽt dõt le son est fort doux.

SYLVIE.

C'est le trõpeur d'hier qui sans doute s'amuse
A chanter son amour dessus sa cornemuse.

THELAME.

Il semble qu'il approche.

SYLVIE. *Il me le semble außi.*

Ie ne

THELAME.

Ie ne desire pas qu'il me rencontre icy,
C'est pourquoy ie vais faire vn tour de promenade
A trauers le citron, l'orange & la grenade.

SYLVIE.

Et moy ie l'attendray pour me mocquer de luy,
Et pour m'en deliurer tout à faict aujourd'huy.

THELAME.

De grace donne luy son congé de bonne heure,
Au moins si tu ne veux que de lãgueur ie meure.

SCENE III.

PHIL. SYLV. THIM. THEL. DORISE.

PHILENE.

VOy ie pas dans ce pré le sujet de mes pleurs?
Fuy fuy de ce serpẽt caché parmi les fleurs,
Miserable Berger, son venin te deuore,
Et tu veux toutesfois t'en approcher encore:
Mais quoy, l'esloignemẽt n'est plus ma guerison,
Quand ie m'irois cacher dessous l'autre horison,

Ses yeux qui m'ont bleßé d'vne atteinte fatale
Ont le mesme pouuoir que le dard de Cephale:
Il faut en genereux & resolu nocher
Perir en haute mer plustost que relascher.
Beauté qui me bruslez & n'estes que de glace,
Seule en qui la pitié ne treuue point de place,
A la fin ie veux estre asseuré de mon sort,
Il faut que vo⁹ m'ouuriez le sepulchre ou le port,
I'attens à deux genoux ma derniere sentence.

SYLVIE.

Pour donner vn arrest de si grande importance
Encore est-il besoin de temps pour y songer.

PHILENE.

Pourquoy de mes malheurs la trame prolonger?
Vous pouuez d'vn seul mot former tout vn ora-[cle,
Et signaler ces lieux d'vn visible miracle,
Me donnant sur le champ la vie ou le trespas.

SYLVIE.

Ce discours embroüillé ne me contente pas,
Ne parlez plus du tout, ou parlez d'autre chose.

PHILENE.

Doncques de vous flechir l'esperance m'est close.

SYLVIE.

Vous me pourrez flechir lors que nous passerons
Les chaleurs de l'Esté sans voir de moucherons.

PHILENE.

Riez riez, mauuaise.

SYLVIE.

Il faut bien que ie rie,
Vray'ment qui ne riroit de vostre tromperie,
Vous le voyez, Berger, les trõpeurs sont trõpez,
Et ceux qui vouloiẽt prẽdre en fin sont attrapez,
Ne faittes plus le fin, la fourbe est descouuerte.

PHILENE.

O Cieux, dessous mes pas que n'est la terre ou-
Tout me nuit, tout me perd. [uerte,

SYLVIE.

Vous ne sçauriez nier
La meschante action que vous fistes hier.

PHILENE.

Il est vray i'ay failly, mais souffrez que ie die
Que vous trempez vous mesme en cette perfidie,
M'ayant fait rechercher en la subtilité
Ce qui m'estoit acquis par ma fidelité:

Et s'il faut disputer, la raison nous ordonne
D'approuuer vn effect de qui la cause est bonne

SYLVIE.

Vous deuiez pour le moins me ioüer ce bon trai
Vn peu plus finement que vous n'auez pas fait

PHILENE.

La ruse ne pouuoit n'estre pas esuentee,
Puisque c'est vn enfant qui l'auoit inuentee.

SYLVIE.

Pour la premiere fois vous traittant doucement
Vous ne serez puny que du bannissement.

PHILENE.

C'est l'Amour qui m'attache à vostre cõpagnie
I'appelle deuant luy de cette tyrannie,
Ingrate vous deuriez aussi bien retenir
L'art de recompenser que celuy de punir.

SYLVIE.

Ie voy bien que c'en est, il faut que ie vous quitte

THIMAPHERE, & ses Gardes.

Bergere attendez nous, nous n'allons pas si viste.

SYLVIE.

Que vous plaist-il Messieurs?

THIMAPH. *De sçauoir vostre nom.*

SYLVIE.

On m'appelle Syluie, & mon pere Damon.

THIMAPHERE.

C'est vous que nous cherchons, venez, ie vous commande
De suiure de la part du Roy qui vous demande.

PHILENE.

Et de grace Messieurs pourroit-on pas sçauoir
Le sujet pour lequel il desire l'auoir?
Cela nous donneroit quelque peu d'allegeance.

Vn Garde.

Amy cecy n'est pas de vostre intelligence,
Les actions des Roys se doiuent mesurer
A celles des grãds Dieux qu'on ne peut censurer.

SYLVIE.

Berger, puisque ie suis à tel poinct de misere,
Qu'il faut que ie te face encore vne priere,
Va de mon auenture informer mes parens,
Et te charger du soin de mes troupeaux errans.

PHILENE.

Dorise n'est pas loing qui prendra cette peine,

Pour moy i'ay resolu d'aller où l'on vous mene.

THELAME.

Attends encor vn peu, ce riual importun
Y pourroit estre encor: n'importe, c'est tout vn,
Que ie luy treuue ou non, ma flame impatiente
Ne sçauroit endurer vne plus longue attente:
Ie vois l'orme escarté dont le fueillage vert
A la gloire de mettre vn Soleil à couuert;
A couuert, qu'ay-ie dit, ie me trompe sans doute,
La mauuaise qu'elle est a pris vne autre route.
O Syluie où faut-il que ie t'aille chercher?
Est-ce pour me fuir qne tu te vas cacher?
Ha! ie languis d'amour en ce dessein folastre,
Pourquoy fais-tu mourir celuy qui t'idolatre?
Mais ie ne voy personne, & ma bouche se fond
Auec ce peu de bruit que les Zephires font.
Dieux d'vne froide peur ie sens mõ ame estreinte,
D'où me peuuent venir ces mouuemens de crain-
te?
Courage, informe toy de celle cy qui vient,
Bergere si d'hier encor il vous souuient,
Dittes moy s'il vous plaist où peut estre Syluie.

DORISE.

Vous n'empescherez pas qu'elle ne soit rauie,
Elle est entre les mains de quatre ou cinq Archers,
Aux prieres plus sourds que ne sont ces rochers,
Qui du vouloir du Roy se disent les ministres,
Ie vais porter aux siens ces nouuelles sinistres.

THELAME.

Pere desnaturé, tyran plus qu'inhumain,
Cette foudre ne vient de ta barbare main,
Vieux réueur impuissant, tes chagrines malices
Troublent mal à propos nos innocens delices,
Grossier qui ne sçais pas que les empeschemens
Aux parfaits amoureux sont des allechemens:
O que si l'on fait tort à ma beauté pudique
Tu verras arriuer maint accident tragique.
Mais pourquoi s'endormir au fort de ses douleurs?
Cours plustost arracher ton ame à ces voleurs,
Les faire repentir de leur folle entreprise,
Et leur faire lascher vne si belle prise.

ACTE CINQVIESME.

SCENE PREMIERE.

FLORESTAN. DORISE. PHI

FLORESTAN Prince de Candie.

QVe ce climat est doux, & que ce be
païs
En sa diuersité tient mes yeux esbahis,
Tantost cõme les flots m'ont mis sur le riuag
Ie croyois estre à bord de quelque Isle sauua
Où la faim acheuant de perdre ma vigueu
Eust exercé sur moy sa mortelle rigueur:
Mais à ce que ie vois cette terre feconde
Doit en fertilité n'auoir point de seconde,
Ces guerets sẽblent dire à ces coutaux voisi
Vous voyez nos espics, monstrez nous v
raisins:
Que l'œil se plaist à voir ce long rang de mo
tagnes

Q

Qui fait vne couronne à ces belles campagnes,
Ie voudrois bien treuuer quelqu'vn qui m'informât
De l'estat & du nom de ce nouueau climat,
I'entens bien quelque bruit dans la forest prochaine,
Et vois quelque paysan là bas dedãs la plaine,
Mais la mer m'a rendu si debile & si las,
Qu'à peine sans mẽtir puis-ie faire vn seul pas:
Attẽdant que quelqu'vn en ce bocage arriue
Ie vay réuer au bruit de cette source viue:
S'il faut s'en rapporter au iugement des yeux
Ie croy que c'est icy la demeure des Dieux,
Car ie ne pense pas qu'vn si beau païsage
Ait iamais esté peint pour le mortel vsage:
Cependant la fraischeur de ce lieu nompareil
Et le bruit de cette eau m'inuitẽt au sommeil.

DORISE.

Au milieu du tourment, au milieu de la braise
Tu m'estouffes la voix, tu veux que ie me taise,
Cruel à qui veux-tu que i'adresse mes pleurs

Qu'à toy qui seul peux mettre vn terme à mes douleurs?
Interdire la plainte & donner la torture,
Est-ce pas violer les droits de la Nature?
Ha! Philene, Philene, insensible Berger,
Le Ciel est equitable, il me pourra vanger.

PHILENE.

Ta constante amitié sensiblement me touche,
Autremẽt il faudroit que ie fusse vne souche,
Et voudrois de bõ cœur, Dorise, auoir de quoy
La bien recompenser sans violer ma foy:
Mais tu sçais que mõ ame autre part engagee
Ne souffrira iamais vne amour partagee.

DORISE.

Mettons fin desormais à semblables discours,
La mort en peu de temps me donnera secours,
Ce fer qui va rougir de ton ingratitude
Acheuera ma vie auec ma seruitude,
Solitaire tesmoin de mes derniers ennuys,
Echo qui fus iadis en l'estat où ie suis,
Qui sceus le desespoir où tõbe vne pauure ame
Dõt vn cœur tout de glace a repoussé la flame,

Lors que tu fis l'obiect de tes steriles vœux
D'vn chasseur en qui l'onde alluma tant de feux,
En faueur du destin qui rend nos infortunes
Ainsi que nos amours egales & communes,
Si iamais on te vient enquerir de mon sort
Dy que l'ingrat Philene est cause de ma mort,
Dy qu'apres ma franchise & ma raison rauie
Sa rigueur aujourd'hui m'a fait perdre la vie.

PHILENE.

O Dieux! que veux-tu faire.

DORISE.

Obstacle iniurieux,
Abandonnant ma vie à ce coup furieux,
Pourquoy ne veux-tu pas que i'espuise mes veines?
Pourquoy ne veux-tu pas que i'acheue mes peines,
Treuuant au bout du fer que tu m'as arraché
Ce qu'en ton amitié i'ay vainement cherché?
Non non, ne combas plus, l'influence obstinee
De l'astre malheureux qui fit ma destinee,

Seulement pour loyer de mon affection
Laisse moy de ma fin la libre election,
Ie suis digne de mort pour ne t'auoir sceu plaire.

PHILENE.

Ie garde à ta constance vn bien autre salaire.

DORISE.

Les iours plus esloignez viennẽt sur l'horison,
Les fruits les plus tardifs ont en fin leur saisõ,
Tous les ans les moissons, tous les ans les vendanges
Remplissent en leurs temps nos caues & nos granges;
Mais les fruicts qu'à Dorise à tout coup tu promets
Produits d'vn champ ingrat ne meurissent iamais.

PHILENE.

Que cette fille est rare en sa perseuerance,
Encore la faut-il contenter d'esperance:
Viença, pour te monstrer que i'ay de l'amitié,
Et que de tes ennuys i'en ressens la moitié,
C'est que dés aussi tost que nous aurõs nouuelle

Que l'on aura rompu le sort de ma cruelle,
Si l'ingrate qu'elle est persiste à me gesner,
Ie iure de te prendre & de l'abandonner;
Car de plus t'amuser ie ferois conscience,
Donne toy cependant vn peu de patience.

DORISE.

Facent doncques les Dieux que cet enchãtement
Se termine bien tost à mon contentement.

PHILENE.

Dorise il est midy.

DORISE. *Comme t'en prends tu garde?*

PHILENE.

C'est qu'à plomb iustemẽt le Soleil nous regarde,
Mettons-nous à couuert dans ce bocage frais,
Que ce Dieu ne perça iamais d'vn de ses traits:
Dieux! ie voy vn guerrier en appareil superbe
Le long de cette source estendu dessus l'herbe.

DORISE.

Voyons le de plus prés, c'est vn ieune guerrier
Qui se met de bonne heure à l'ombre du laurier.

PHILENE.

C'est de ces Cheualiers qui par toute la terre

Cherchent nouueaux ſujets & d'amour & de guerre.
Tirons-nous à l'eſcart attendant ſon reſueil.

FLORESTAN.

O chere viſion, ô gracieux ſommeil
Qui m'as flatté les ſens d'vn ſi plaiſant mẽſonge,
Que n'as-tu plus long temps continué ce ſonge?
Moy meſme ie t'aurois pour vn ſi doux abus
Eſleué des autels de ces gazons herbus.
Princeſſe des Beautez, Meliphile adorable,
Que tu m'as fait en ſonge vn accueil fauorable.
Ne vois-ie pas quelqu'vn dans ce taillis eſpais?
Ie ne viens pas icy pour troubler voſtre paix,
Amy ne craignez pas que ie vous face outrage,
Ie ſuis vn eſtranger que l'effort du naufrage
A ietté cette nuict ſur ce bord incognu.

PHILENE.

Vous ſoyez parmy nous mieux que le biẽ venu,
La gent de ce pays eſt courtoiſe & docile.

FLORESTAN.

Quel nom a ce pays?

DORISE. *On l'appelle Sicile.*

FLORESTAN.

Quoy voicy la Sicile, ha! ie ne le croy point,
Icy la deffiance à la raison se ioint,
Durant trois iours entiers nostre nef vagabonde
Errãte au gré des vents qui regẽtoient sur l'onde,
Pendant vn si long temps que l'orage a duré
N'a iamais peu tenir de sentier asseuré:
Car afin qu'en deux mots mõ dessein ie vous die,
C'est que i'estois parti de l'Isle de Candie
Exprès pour aborder en ce pays plaisant,
Où vous dittes, Berger, que ie suis à present;
Si bien que ie ne sçay comme quoy la fortune
M'a voulu mettre au port en dépit de Neptune:
Et vostre belle Infante en qui les Cieux amis
Les plus beaux ornemẽs de leurs tresors ont mis,
Ce prodige de grace & de beauté mortelle,
Meliphile en vn mot, comment se porte elle?

DORISE.

Fort bien dans vn chasteau qui n'est pas loing de [nous,
Où du sort de son frere elle attend vn espoux.

FLORESTAN.

Ie n'entends point cela.

DORISE. C'est que le Roy son pere
Piqué de quoy son fils aimoit vne Bergere,
Pour les punir tous deux les a fait enchanter
De la mesme façon que ie le vais conter.
Ce maudit sortilege est fait de telle sorte,
Que ce Prince par fois croit sa Bergere morte,
Et dans cette creance il souffre des tourments
Qui ne sont biẽ cognus que des parfaits amants:
Et d'autres fois aussi la plaintiue Syluie
Pense qu'entre ses bras il a perdu la vie,
Elle pleure, elle crie, & forme des discours
Qui toucheroiẽt le cœur des Tygres & des Ours

FLORESTAN.

Et ce Roy sans pitié, ce vieux pere barbare,
Ne se sent point esmeu d'vne amitié si rare?

DORISE.

Sept ou huict iours apres qu'on les eut enchanté
Il eut du repentir de sa seuerité,
Il voulut les remettre en leur sens ordinaire,
Mais le Magicien ne le peut iamais faire,
Rien ne les peut tirer de ce fatal malheur
Qu'vn Cheualier doüé d'vne extreme valleur,

Et c'est

Et c'est à celuy là que doit estre donnee
L'Infante, sous les loix d'vn celebre Hymenee,
Desia maints Cheualiers ont tenté vainement
De donner à ce charme vn bon euenement.

FLORESTAN.

Dieux! que ie suis content de quoy cette auenture
Fournira de matiere à ma gloire future:
Berger ne perdons point dauantage de temps,
Ie veux rendre aujourd'huy ces deux esprits contents,
Inspiré que ie suis d'vn vigoureux Genie,
Ie les affranchiray de cette tyrannie:
Dittes moy sommes nous beaucoup loing du chasteau?

PHILENE.

Il est à deux cens pas derriere ce costeau,
Ie vous y veux conduire, & si la faim vous presse,
Comme il est à iuger, nostre chemin s'adresse
Dans vn petit village où nous vous traitterons
Fort liberalement des biens que nous aurons.

SCENE II.

LE ROY. PAGE. THELAME FLOREST. SYLV. MELIPH.

LE ROY.

Vous celestes de qui la sagesse profonde
Preside absolument aux affaires du mõde
Arbîtres de mon sort, tenez les yeux ouuerts
Sur le plus triste Roy qui soit en l'Vniuers.
Mais cõment esperer que les Dieux facent grac
A qui ne l'a point fait à son sang, à sa race?
Non non, il faut souffrir, & les Dieux offencez
Doiuent aigrir mes maux si ie n'endure assez.
Abominable autheur d'vn supplice effroyable,
Detestable artisan d'vne peine incroyable,
Assaßin de ton fils, il faut que le remords
De tes meschancetez te donnent mille morts,
Et que ton souuenir à tout moment exprime
A tes sens effrayez la noirceur de ton crime.
Malheureux que ie suis, quel Demõ m'aueugle

Quelle rage d'Enfer ma raison desregla,
Lors que pour me venger à tort de l'innocence
Ie voulus employer la magique puissance?
De là vient que ie suis tout à fait odieux
Au commun sentimẽt des hõmes & des Dieux,
Mon peuple est irrité d'vne action si lâche,
De honte & de regret il faut que ie me cache,
Et ie ne crains rien moins qu'vne sedition,
Qui poßible doit estre à ma perdition,
Ie n'attens que le point que cette tourbe vile
Suiuant les mouuemens d'vne fureur ciuile
Vienne cõme vn Tyran dans mõ lit m'égorger,
Et donne puis apres mon Sceptre à l'estranger:
De moy dés maintenant ie presente ma teste
Aux traits les plus sanglants que le destin m'ap-
preste,
La raison & le temps m'ont assez bien appris
La science d'auoir le trespas à mespris:
Toutesfois si deuant que perdre la lumiere
Ie reuoyois mon fils en sa santé premiere,
Apres que la valleur d'vn guerrier courageux
Auroit brisé l'effort de ce charme outrageux,

Dans ce parfait bonheur mon ame ie m'asseure
Quitteroit sans regret sa caduque demeure.

PAGE.

Sire les deux Amants dans leur mal rigoureux
Vont bien tost commẽcer leurs regrets doulou-
reux,
Vn grand vent a tuë le sacré luminaire,
Signe presagieux de leur plainte ordinaire.

LE ROY.

Ie suis deliberé de l'entendre aujourd'huy,
Ne fust ce qu'à dessein d'augmẽter mon ennuy,
Car les piteux accents de la voix de Thelame
Sont autant de poignards qui me transpercent
l'ame,
Sont autant de vautours & de serpens mordans
Qui me font ressentir mille maux au dedans:
A voir tant seulement leur posture dolente
Ie ressens les accez d'vne fin violente.

THELAME.

Sus sus, c'est trop dormir, veux tu pas t'esueiller,
Vn Soleil Orient deuroit-il sommeiller?
Dormeuse esueille toy, chassons cette paresse

Et ce pesant sommeil qui ta paupiere presse.
Tu ne me respons rien: ô puißãt Dieu d'Amour,
Ie croy qu'elle a perdu la lumiere du iour:
Mon ame, ma Syluie: ha! la mort la rẽd sourde,
Elle est dessous ma main froide, immobile & lourde,
La couleur du trespas dont son visage est peint
A fait esuanoüyr les roses de son teint,
Comparable à la fleur qui demeure couchee
Seiche dans vn sillon où le soc l'a touchee.
Ma perte est veritable, il n'en faut plus douter:
Helas! quel Dieu viendra me la ressusciter:
C'est la mort qui luy met le silence en la bouche,
Et qui de tout sõ corps n'en a fait qu'vne souche.
Dieux! pourquoy mettiez vous en cet aimable corps
Les plus beaux ornemens de vos diuins tresors?
Pourquoy luy dõniez vous tant de si belles marques,
Pour le laisser si tost à la mercy des Parques?
Et toy perfide Amour, que n'as-tu destourné
Le coup qui de ses ans a le cours terminé?

Au moins si mes souspirs errans de place en place
Sur ce corps precieux qui n'est plus que de glace,
Auec tout ce qu'ils ont de force & de chaleur,
Y pouuoient ramener & l'ame & la couleur.
Mais ces foibles discours où la douleur m'emporte
Ne rendront pas la vie à ma Bergere morte:
C'est vous qui gouuernez le destin des humains,
Vous qui tenez leur vie & leur mort en vos mains,
C'est vous, dy-ie, grands Dieux qui pouuez me la rendre
Belle cõme elle estoit quand la mort l'osa prẽdre:
Sus qui de vous viendra me la ressusciter?
Est-il besoin icy de vous solliciter?
Quoy ne voyez vo9 pas vostre plus bel ouurage
A qui la mort a fait vn insolent outrage?
Monstrez vostre pouuoir à le faire durer,
Comme vous auiez fait à le bien figurer.
En vain de vous flechir, Immortels, ie m'essaye,
Cependant ie descouure vne sanglante playe
Qu'vn poignard homicide a faite dans son sein,

O trop cruel effect d'vn furieux dessein,
Quelle barbare main, quel esprit si damnable
Peut auoir entrepris ce meurtre abominable?
I'en suis trop asseuré, le courroux paternel
A fait executer cet acte criminel,
Il a fait esgorger cette pauure victime
Dont ma seule amitié pouuoit estre le crime.
Sanguinaire tyran, cœur de bronze ou d'acier,
Plus cruel mille fois qu'vn lyon carnaßier,
Pere qui de ton fils deschire les entrailles,
Puisque tu te plais tant à voir des funerailles,
Ie te veux contenter, tygre viens toy saouler
De mon sang espanché que tu verras couler:
Ne treuueray-ie point quelque fer fauorable
Qui m'oste du pouuoir d'vn sort si deplorable?
Dans le desir que i'ay de me faire mourir
Ne treuueray-ie point de quoy me secourir?
O mort fais moy sentir si ta main est pesante,
Ce Prince malheureux vn butin te presente,
Ne le refuse pas, außi bien tost ou tard
Tu le verras tomber sous l'effort de ton dard.
Mais ie reclame en vain ses fureurs nõpareilles,

L'impiteuse pour moy n'a point d'yeux ny d'o-
reilles,
On auance fort peu vers elle pour crier,
Rien pour l'iniurier, & moins pour la prier.
Doncques puisque ma peine a la Parque estõnee,
Et qu'elle a pour moy seul sa rage abandonnee,
I'arroseray de pleurs ce chef-d'œuure des Cieux
Tãt que tous mes esprits s'escoulẽt par mes yeux,
Et que mon foible corps de laßitude expire
Sur le rare débris de l'amoureux Empire.
Chaste cœur qui iadis bruslas d'vn feu si net,
Où l'Amour auoit fait son petit cabinet,
Retraitte inuiolable où nos ames blessees
Mettoient cõme en depost leurs cõmunes pẽsees,
Cœur que la chasteté tenoit comme sacré,
De quelle sorte, helas! ie te voy massacré,
Que ne peut de mon corps la masse toute entiere
Dans cette grande playe auoir son cimetiere,
Ma chair auec la tienne ainsi se colleroit,
Et mon sang amoureux au tien se mesleroit:
Chaque fois que ie voy cette large ouuerture
Ie ne sçaurois comprendre vne telle auenture,

Car

Car n'ayans eu tous deux qu'vne ame iusqu'icy,
L'vn mort, l'autre deuroit cesser de viure aussi;
Toutesfois elle est morte, & toy lasche Thelame
Sur sõ corps passe et froid tu n'as pas rẽdu l'ame:
Attends moy, ma Bergere, attends moy, ie te suis
Parmy l'obscurité des eternelles nuits,
Les horreurs du tombeau de tous costez m'assail-[lent,
S'en est fait, ie me meurs, les forces me defaillent,

LE ROY.

En fin ces actions d'amour & de pitié
Me feront fendre vn iour le cœur par la moitié:
Que ces gemissemens & ces funebres plaintes
Donnent à mes esprits de sensibles attaintes,
Dieux! arrestez le flux de mes ans malheureux,
Ou finissez bien tost ce destin douloureux.

PAGE.

Sire, vn braue guerrier est là bas qui desire
De tenter l'auenture.

LE ROY. *Et bien allez luy dire*
Qu'il s'y peut esprouuer à l'heure qu'il voudra.
Quand est-ce que le Ciel en fin se resoudra
De m'enuoyer celuy de qui l'ayde opportune

Doit faire le ſujet de ma bonne fortune.
Cheualier il n'eſt pas que par le commun bruit
De mon affliction vous ne ſoyez inſtruit,
Puiſque de mon malheur la triſte renommee
Eſt par toute la terre egalement ſemee:
Vous ſçauez le loyer promis publiquement
A qui fera la fin de cet enchantement:
Au reſte l'auenture eſtant fort dangereuſe
Elle demande vne ame & forte & genereuſe.

FLORESTAN.

Grace aux Dieux, nous croyons auoir tout ce [qu'il fau
Pour dreſſer noſtre vol deux fois encor plus haut.
Sire ie vous promets qu'auec cette effigie
Ie ne crains viſion, fantoſme ny magie,
Couuert de ce bouclier i'oſerois me vanter
Qu'à peine tout l'Enfer pourroit m'eſpouuanter.
Ie ne voudrois ſinon ouyr les reſueries
Que diſent ces Amans au fort de leurs furies.

LE ROY.

Mõ fils vient d'acheuer ſes regrets & les miens.
La Bergere dans peu commencera les ſiens:
Ne faiſons point de bruit, la voila qui s'eſueille

FLORESTAN.

Il faut voir quelle issuë aura cette merueille.

SYLVIE.

Qu'est-ce cy, c'est plustost la posture d'vn mort
Que mõ Thelame tient, que d'vn hõme qui dort:
O Thelame, Thelame, hé Dieux! c'est vn tronc d'arbre,
Sans voix, sans mouuements, & plus froid que du marbre,
Ses yeux troubles tournez & clos plus qu'à [demy
Mõstrent biẽ qu'il est mort & nõ pas endormy.
Qui iamais eust pensé qu'auec tant d'insolence
La mort eust sur ton âge vsé de violence,
Et qu'vn si beau Soleil par vn triste accident
Eust en son clair midy treuué son occident?
Que cette Isle en ta mort fait vne grande perte,
Qu'on la verra bien tost infertile & deserte,
Et sur tout que nos champs, de qui les libertez
Te les faisoient hanter, seront bien desertez:
Les amoureux oyseaux d'vne plainte commune
N'entretiendront les bois que de ton infortune,
Les bocages fleuris cõme aux cœurs des Hyuers

Quitteront de regret leurs habillemens verts;
Mesmes nostre agreable & fidele fontaine
Sçachāt pourquoy le dueil sera parmy la plain[e]
Pour tesmoigner aussi sa tristesse à son rang
Ne versera sinon ou de l'ancre ou du sang,
Et ce doux bruit qui rend l'oreille resiouye
Deuiendra lamentable, & blessera l'ouye,
Les herbes & les fleurs que ces flots toucheront
De la racine au faiste aussi tost secheront;
Et moy pour te monstrer que ie te suis fidelle,
Et que ma loyauté n'a que soy de modelle,
Ie veux auec ma vie acheuer ma langueur,
Et donner à mes pleurs ce que i'ay de vigueur:
Ie te prie attends moy sur le riuage sombre,
Mon ame en vn momēt y va ioindre ton ombre
Caron nous passera tous deux à mesme temps
Dans ces champs bien heureux, où nous viuron[s]
contents,
Là i'ose m'asseurer que les plus belles ames
Plaignant nostre desastre admirerōt nos flames
Et que les plus amans & fideles esprits
De cōstance & d'amour nous quitteront le prix

Peut estre, cher Amant, que sans y prēdre garde
Ton passage fatal trop long temps ie retarde:
Le temps me presse, acheue, ô mort, de me tuer,
Et fais ce que mon bras ne peut effectuer,
Ton charitable dard trop doucement me blesse,
Thelame ie me meurs d'amour & de foiblesse.

LE ROY.

Cheualier, les regrets de cet esprit amant
Amolliroient-ils pas des cœurs de diamant?
Est ce pas vn sujet capable de vos armes,
Et de ranger le marbre à l'vsage des larmes?
Employez s'il vous plaist toute vostre valleur
A finir aujourd'huy ma misere & la leur.

FLORESTAN.

Sire, ie me promets qu'auant qu'il soit vne heure
Mon espreuue rendra leur fortune meilleure,
Ie me suis resolu de mourir sous l'effort,
Ou de venir à bout de ce magique sort,
Ie m'en vais de ce pas vacquer à l'entreprise.

LE ROY.

O qu'en cette action le Ciel vous fauorise!
Et moy ie me retire à ce prochain autel

Afin de reclamer le ſecours immortel.

FLORESTAN.

Floreſtan, à ce coup l'occaſion ſe treuue
De tirer iuſqu'au bout ton courage à l'eſpreuue.
Supplice de mon cœur, delices de mes yeux,
Portrait qui m'es plus cher que n'eſt celuy des Dieux,
En ce combat douteux où la gloire m'appelle
Inſpire à mon courage vne vigueur nouuelle,
Fais que par ton moyen mon front victorieux
Soit tantoſt couronné d'vn laurier glorieux:
Allons, ie ne crains rie͂ marcha͂t ſous tes auſpices,
Les Dieux en ta faueur me ſeront tous propices.
L'eſpouuantable objet, l'horrible viſion,
Courage, tout cecy n'eſt rien qu'illuſion.
Que veule͂t ces no͂breux et mo͂ſtrueux fantoſmes
Qui volent parmy l'air ainſi que des atoſmes?
Chimeriques eſprits, lutins, fantoſmes noirs,
Que ne retournez vous da͂s vos ſo͂bres manoirs?
O Dieux! ſecourez moy, ce gra͂d coup de to͂nerre
Du troiſieſme degré m'a renuersé par terre;
N'importe, ſi faut-il toutesfois remonter,

La resolution doit le peril dompter;
Vne gresle de coups me tombe sur la teste
De picques & de dards, vne moison m'arreste:
Mais pourquoy s'amuser à ces objets trompeurs
Qui ne peuuent donner que de legeres peurs?
Il faut resolument briser tous ces obstacles,
Sans s'estonner de voir ces difformes spectacles.
Demons c'est à ce coup que de force ou de gré
Vo⁹ me verrez mõter iusqu'au plus haut degré.
Horreur du genre humain, larues, ombres funebres,
Allez, retirez vous au Palais des tenebres,
Vos confus hurlemens & vos coups superflus
En l'estat où ie suis ne m'espouuantent plus.

LA VOIX.

Cheualier, si tu veux finir cette entreprise
Ne t'espouuante point, monte plus haut, & brise
Ce cristal que tu voix à la voute attaché,
C'est là tant seulement que le charme est caché.

FLORESTAN.

Cette ombre deuant moy cõme vn terme plantee
Me defend d'approcher de la glace enchantee.

Mais quoy, souffriras tu que des ombrages vains
T'arrachent aujourd'huy la victoire des mains?
Non, non, à cette fois fais leur quitter la place,
Et casse en despit d'eux l'abominable glace.
Si ie ne suis deceu le charme est acheué,
Ce grãd bruit qui soudain dans l'air s'est esleué,
Ces lamentables cris, ces croullemens de voûte,
Et cette obscure nuict, esclaircissent ma doute:
La lumiere reuient auec estonnement,
Qui me rendra certain de tout l'euenement.

LE ROY.

Cheualier, Cheualier, aydez moy ie vous prie,
Helas! ie n'en puis plus.

FLOREST. *I'entends le Roy qui crie,*
Il me faut despescher de l'aller secourir.

LE ROY.

Le Ciel m'eust obligé de me laisser mourir.

FLORESTAN.

Qu'a vostre Majesté, que ie la voy si pâle?

LE ROY.

Le tumulte qu'a fait cette bande infernale,
Et sur tout le dernier que nous venons d'ouyr

D'vne ſubite horreur m'a fait eſuanouyr.

FLORESTAN.

Sire, d'oreſnauant tout l'effort qui vous reſte
C'eſt de mettre en oubly toute choſe funeſte,
Le Ciel auec le ſort a fini vos tourments.

LE ROY.

Ie ne vous feray pas icy des compliments,
Allons voir nos Amans, car deſia ce me ſemble
Nous les auons ouys qui ſouſpiroient enſemble.

THEL. O Syluie! SYL. O Thelame!

THEL. Eſt-ce toy mon Soleil,
Qui remplis de clarté ce Palais du Sommeil?
Si ie n'eſtois certain de l'eſtat où nous ſommes,
Ie penſerois encor eſtre parmy les hommes.
Mais n'eſt-ce pas icy le Royaume des morts?
Nos eſprits n'ont-ils pas abandonné nos corps?

SYLVIE.

L'eſtat où ie me voy me rend toute confuſe,
Et par de faux objets, ſi mon œil ne s'abuſe,
Nous ſommes maintenant reduits en vn ſejour
Où l'on voit, où l'on parle & reſpire le iour,
Ie ne voy point icy Caron ny le Cocite.

THELAME.

Mõ Ange croit qu'vn mort iamais ne ressuscite,
L'Enfer est vn destroit d'où iamais l'on ne sort.

LE ROY.

Voila dès reliquats de son inique sort,
Ie vais le retirer de cette extrauagance.

THELAME.

Quel est ce vieux esprit dont la vaine arrogance
Le tient effrontément deuant nous arresté?

LE ROY.

Mon fils perdez l'erreur où vous auez esté.

THELAME.

O pere sans pitié, ton ombre criminelle
Vient-elle icy nous faire vne guerre eternelle?
N'es-tu pas satisfait de nos trauaux soufferts,
Sans nous venir troubler encor dans les Enfers?
Va, laisse nous en paix en ce regne prospere,
Ie ne te cognois point en qualité de pere.

FLORESTAN. *[passez,*

Monsieur, vous n'estes point au rang des tres-
La lumiere & le bruit vous le font voir assez,
Nous auõs de vrais corps de mouuemẽs capables

Liez de nerfs & d'os visibles & palpables.

THEL. *Ces visions ne sont que songes deceuans.*

SYLVIE.

Certes ie croy pour moy que nous sõmes viuans.

LE ROY.

Mon fils c'est trop durer en cette resuerie,
La source de vos maux est desormais tarie,
Ce long enchantement qui donnoit à vos sens
Par vne feinte mort des tourmens si pressans,
Malgré mille Demons a veu tõber ses charmes
Sous l'inuincible effort des glorieuses armes
De ce braue Guerrier, de qui vous receuez
Tout le contentement du bien que vous auez.

LA VOIX.

Thelame ie t'apprends que toy ny ta Syluie
N'auez iamais perdu l'vsage de la vie,
Releue la bassesse & l'inegalité
De sa condition par sa fidelité,
Et donne à sa vertu le prix d'vne Couronne,
C'est ainsi que des Dieux la volonté l'ordonne.

SYLVIE.

Grand Prince vous auez clairement entendu

L'oracle inesperé que la voix a rendu,
Voulez vous persister en cette fantaisie,
Ou plustost pour mieux dire en cette frenaisie?
Pour mon particulier ie sçay bien que ie vy.

THELAME.

Et moy non, tellement ie me treuue rauy,
Tousesfois descendons.

LE ROY. Mon fils ie te coniure
De mettre sous les pieds toute sorte d'iniure,
Ie confesse qu'à tort ie vous ay fait sentir
Vn mal dont außi tost on m'a veu repentir.

THELAME.

Ne parlons plus des flots, la tempeste est passee,
Mais Sire, pour vo⁹ dire en deux mots ma pẽsee
S'il faut qu'vn prompt Hymen ne nous soit pas permis,
Remettez nous aux termes où vous nous auiez [mis.

LE ROY.

I'y consens de bon cœur, außi bien les Oracles
De ce lict nuptial promettent des miracles,
Ce miroir de constance est assez vertueux
Pour bien recompenser son sort defectueux.

SYLVIE.

Sire, receuez moy pour vostre humble seruante.

LE ROY.

Ma fille leuez vous. Qu'on appelle l'Infante.

THELAME.

Sauueur de deux Amans, qui pour nous secourir
Cõtre vn charme maudit qui no⁹ faisoit mourir
N'auez point redouté tant d'affreuses cohortes
A qui l'Enfer auoit ouuert ses noires portes,
Cette Bergere & moy vous serons desormais
Tenus de tous les biens que nous aurons iamais.

FLORESTAN.

Grand Prince vous sçauez que l'honneur nous [oblige
De secourir tous ceux que la fortune afflige,
Ie n'ay rien fait sinon par les loix du deuoir,
Aussi n'en dois-ie pas aucun fruict receuoir.

LE ROY.

Voicy la recompense extremement petite
Que receura de moy vostre rare merite.

FLORESTAN.

Sire, à la verité ie me treuue surpris
D'auoir vn prix si grand, que luy mesme est sans [prix.

LE ROY.

Ma fille desormais mettez tout vostre estude,
Si vous ne vous voulez noircir d'ingratitude,
A traitter dignement ce Guerrier valeureux,
C'est par luy que finit mon destin malheureux,
Il sera s'il luy plaist vostre espoux legitime.

FL. Princesse à qui mon cœur a seruy de victime
Dés le premier instant que ce portrait fatal
M'osta la liberté dans mon pays natal,
Sçachez qu'autre dessein que de vous rẽdre hom- [mage
Comme ie l'ay rendu cent fois à vostre image,
Ne m'a fait exposer aux fureurs d'vne mer,
Où i'ay veu ma nauire & mes gens abismer.
Or pour vous esclaircir tout à fait de mon estre,
C'est que d'vn sang Royal les Dieux me firẽt nai- [stre,
Fils du Roy de Candie & l'vnique heritier
Sans nul empeschement du Sceptre tout entier.

MELIPHILE.

Grand Prince dont les faits tesmoignent la naiss- [sance,
Quand vous ne seriez pas d'vne Royale essence,
Vos vertus qui iamais n'iront dans le tombeau
Vous tiendront tousiours lieu de Sceptre & de bandeau.

SCENE III.

PHILENE. DORISE. THIM. LE ROY.

PHILENE.

DEsia le bruit, Seigneur, est par toute la plaine
Qu'vn ieune combattant vous a sorty de peine,
C'est le desir de voir vn changement si doux
Et si fort souhaitté qui nous tient deuant vous,
Plus resioüys de voir vos deux ames gueries
Que si de la moitié croissoient nos Bergeries.

THELAME.

Croy Pasteur mon amy loing de la fiction,
Que ie te sçay bon gré de ton affection:
Au reste celle là qui t'affligeoit sans cesse
Auant qu'il soit deux iours tiẽdra rang de Princesse.

SYLVIE.

Philene maintenant tu dois perdre l'espoir
Que de me posseder ton cœur pourroit auoir:
Fais mieux, si ton adueu ma parole authorise,
Espouse de bon gré la Bergere Dorise,

Tu cognois son amour assez euidemment.

THELAME.

Pour moy ie vous feray du bien abondamment.

PHILENE.

Pour mon Prince & pour vous qu'est-il que ie ne fisse?

DORISE.

Que vous rendray-ie, helas! pour vn si bon office?
Que iamais le chagrin ne trouble vos plaisirs,
Que vos contentemens surpassent vos desirs,
En fin qu'à tous momẽts que le Ciel vous enuoye
Par de nouueaux bon-heurs nouueaux sujets de ioye.

SYLVIE.

Adieu, viuez contents, & n'ayez soin de rien,
Le Prince vous cherit, il vous fera du bien.

Vn Garde.

Dedans la basse-court vne troupe confuse
Qui murmure de quoy la porte on luy refuse,
Monstre que son enuie est de voir Monseigneur.

LE ROY.

C'est la raison que tous ayent part à ce bonheur,
Allons, mes chers enfans, toutes ceremonies
Desormais d'entre nous entierement bannies.

Fin de la Syluie.

www.ingramcontent.com/pod-product-compliance
Ingram Content Group UK Ltd.
Pitfield, Milton Keynes, MK11 3LW, UK
UKHW031908260826
14628UKWH00003B/1060

9 782014 455908